美少年X

子門英明

目次

美少年X

ある日、マンション一階の郵便受けの中に、Xからの手紙が入っていた。

『次の日曜日、午後の二時に、最寄り駅前の噴水広場でお待ちしています』

Xが何者かは見当がつかなかったが、とりあえず行ってみることにした。

先に噴水広場に到着したローズがベンチに腰を下ろすと、間もなくして、色白の美しい少年がどこからともなく現れた。

「こんにちは。――Xです」

「君が手紙の差出人のX？」

「はい、そうです」

「若いわね。――歳は？」

「僕には年齢がありません」

「ご冗談を。――本当のことを言ってる？」

「もちろんです」

「どうして見ず知らずの私に、あんな一方的な内容の手紙を？」

「見ず知らずではありませんよ」

「いつ、どこで、私たち会った？」

「何度も、あちらこちらで、お会いしています」

「まさか君、ストーカーではないよね」

「違います」

「いったい私に何の用？」

「僕をそばに置いてください。——ローズさんを悪漢からお守りすることが、僕に与えられた使命ですから」と、少年は熱い口調で語った。

「守りたいとか使命とか言ってるけど、君はまだ子供じゃない」

「ただの子供ではありません」

「警察に行きましょう。——それとも病院がいいかしら」

「今日はこれで失礼します。お困りの時は、大声で『助けてX！』と叫んでください。すぐに助けに駆け付けますから」

——こう言って少年は姿を消した。

ローズは総合商社に勤めるＯＬである。

Ｘと会った三日後、残業で帰りの時間が遅くなった彼女は、痴漢がよく出没する遊歩道で大男に襲われた。

倒されて両腕の自由を奪われた時、少年の言葉を思い出した。

「助けてＸ！」

すると近くの木立の蔭からＸが現れ、その大男を両肩に担ぎ上げると、数メートル先の地面に放り投げた。——とても人間業とは思えなかった。

「大丈夫ですか？」

少年はローズの上半身を起こした。

「ありがとう。——本当に君は私を助けに来てくれたのね」

「嘘ではなかったでしょ？」

「とてもひどいことを言ったと思ってる。——ごめんなさい」

「謝らないでください。——与えられた役目を果たしただけですから」

「あれからどこにいたの？」

「ずっとローズさんの近くにいました」

「私を守るために？」

「はい、そうです」

「それなら一緒に暮らしましょうよ」

――二人は、ワンルームマンション五階のローズの部屋へ入った。

「お腹、へってない?」

「へってません」

「見ての通り、シングルベッドが一台しかないの。――どうする?」

「ローズさんさえよろしければ、共寝をしたいと思っています」

「本当?」

「欲求不満からつまらない男と関係を持たないように」

「それも君の役目?」

「そうです」

「じゃ、相手をしてもらおうかな」

「早速、今夜にでも」

「お願いするわ」

――夜の十時に一緒に風呂に入ることになった。

脱衣場で少年の裸を見たローズは、その美しさとたくましさに驚いた。

「君は着やせするタイプね」

「そうかもしれません」

「この見事なシックスパックの腹直筋、服の上からだと分からなかったわ」

「見事な、と形容していただくほどの代物ではありませんが——」

「触るわね」

「どうぞ」

ローズは両手で六つに割れた腹直筋をなでた。

「これは芸術品ね」

「ローズさんのプロポーションも素敵ですよ」

「褒めてくれてありがとう」

「いえ、いえ」

「運動音痴な私が自慢できる唯一つの身体的能力は、柔軟性かな」

「そんなに柔らかいのですか」

「うん、脚を開いてみせるわね」

床の上で百八十度、両脚を開いた。

「素晴らしいです」

「君は体が硬いの？」

「僕も柔らかいですよ」

「百八十度、脚を開くことができる？」

「できます」

「じゃ、私の前で開いて見せて」

「はい」

ローズと対面する位置で、Xは楽々と脚を開いた。

「本当だわ」

「ローズさんより柔らかいかもしれません」

「そうね」

「キスしてもよろしい？」

「いいわよ」

脚を開いたままライトキスを交わした。

「この格好でキスしたのは初めての経験」

「でしょうね」

「何だか、新鮮。——今度は恋人たちがする大人のキスをしましょう」

「承知しました」

　フレンチキスを交わした。

「とってもよかったわ」

「息継ぎが楽にできるように、舌の出し入れを工夫しました」

「凄いわね」

「もう一度」

　三度目の口づけは数分間におよんだ。

「最高。――ベッドで共寝する前に、ここで一つになりたいわ」

「一日に二度は疲れますよ」

「大丈夫、大丈夫」

　バスタブの湯の中で対面座位になった。

「とっても気持ちいいわ」

「幸せですか？」

「幸福の滝に打たれているようよ」

「でも近い将来、僕よりもっと素晴らしい人が現れて、ローズさんを幸せにすると思います」と、少年はローズの未来を冷静に語った。

「素晴らしい人って誰？」

「今はまだそのご質問にお答えすることはできません」

「まるで預言者みたいね」

「ところで――」

「何？」

「現在、交際中の男性はいらっしゃいます？」

「半年前まではいたけど、今はいないわ」

「どうしてお別れに？」

「彼が浮気をしたの」

「許せなかった？」

「ルールを破る人は信頼できない」

「もう一つ、お聞きしてもよろしいですか？」

「いいわよ、何？」

「セフレはいらっしゃいます？」

「いない、いない」

「安心しました」

「イキそうだわ」

「失神してもよろしいですよ」

「失神なんてしたことがないわ」

「体験してみてください」

数秒後、湯煙の中でローズは失神した。


あくる日の朝、目が覚めると、少年が朝食を用意していた。

「美味しそうな匂い」

ローズは裸のままベッドから出た。

鮭と卵焼きと納豆とみそ汁が、所狭しと小さなローテーブルの上に並んでいた。

「料理が上手なのね」

「何でも作りますよ」

「夕食も頼んじゃおうかな」

「よろしいですよ。——任せてください」

「君は私のために本当に頑張るのね」

「それが僕の務めですから」

「感謝しているわ」

「今日の夕方ですが――」

「何？」

「何時くらいに、駅にお迎えにあがれば？」

「迎えになんて来なくていいわよ」

「そうはいきません」

「どうして？」

「昨日の大男が仲間を連れてくると思いますので」

「それは大変。――じゃ、六時少し前に来てくれるかな」

――少年の予想が的中した。

遊歩道を歩いていると、昨夜の大男が、三人の仲間を連れて現れた。

近くにいた人たちはただならぬ気配を感じて姿を消したが、少年はわずか十数秒で悪漢たちを倒した。

「さあ、早く逃げましょう！」

少年はローズの手を取って走った。

「君はいったい何者？」

「名乗るほどの者ではございません」

これを機に二人の信頼関係はより深まった。


——次の日曜日。

高校時代からの親友イモージェンが、アポなしで訪ねてきた。

Xの存在に驚いた。

「初めまして。——Xと言います」

「可愛いわ」

「そうでしょう」

「ロース、まさか——」

「何なの？」

「試食などしていないでしょうね？」

「そんなことしたら犯罪じゃない」

咄嗟についた嘘だった。

「私だったら我慢できないわ。——私に頂戴」

「駄目よ。——彼は私の守護神なの」

「守護神？」

「そうよ」

「本気にしないで。――冗談よ」

「安心したわ」

「今日は、次の土曜日に予定している合コン参加の都合を聞きに来たの」

「どんな人たち？」

「知り合い同士らしいわ」

「どう思うX？」

「ぜひ参加してください」

「驚いた。――君が最終的に判断するのね」

――合コンはレストランで行われた。

男性グループは、SNSで知り合った科学オタク五人である。

ローズは真向かいに座った青年に親近感を覚えた。

――名はガブリエル。

昔、どこかで会ったことがあるような気がした。

「ガブリエルさん、――私たち、知らない者同士ではありませんね」

「ローズさんもそうお思いに？」

「高校はどちらでした？」

「マーズ高校です」

「私もマーズ高校でした。――接点が見つかりましたね」

さらにこのあと二人は、高校三年生の時に、同じクラスだったことも確認した。

「僕は地味な生徒でしたから、よく覚えていないでしょう？」

「確かに目立ってはいませんでしたが、休み時間に難しい科学書をお読みになっていたのを記憶しています。――現在どこにお勤めですか？」

「『最先端科学研究所』に勤めています」

「そこでどんなお仕事を？」

「ロボットの研究開発に携わっています」

「何だか面白そうなお仕事――」

「確かに面白い仕事ですが――、ローズさんはお一人でお暮らしですか？」

「はい、いいえ、その……」

「どうなさいました？」

「少年と一緒に暮らしています」

「少年？」

ローズは、彼と出会った経緯をありのまま話した。

「不思議な少年ですね」

「はい、とても不思議な少年です」

「これから僕が話すことに、どうか驚かないでください」

「何です？」

「実は高校時代、僕はあなたのことが好きでした」

「嘘でしょう！」

ローズは驚きの声を上げた。

「いいえ、本当です」

「ごめんなさい。――私、鈍感だからまったく気がつかなかったわ」

「謝る必要はありません。――あなたは何も悪くない」

「よろしかったら、連絡先を交換しません？」

「喜んで」

二人の会話を聞いていた隣の席のイモージェンが、ローズの肩をつついて「よかったわね」と、耳元でささやいた。

こうして二人は、交際することになった。

——一年後のある日。

美しい夜景の見えるレストランで、ローズはガブリエルに求婚された。

「ローズさん、今夜は大切なお話があります」

「何でしょう?」

「僕と結婚してください」

テーブルの上に、ピンクのリングケースが置かれた。

「私なんかで、よろしいの?」

「何をおっしゃいます。——あなたは僕には勿体ない女性です」

ガブリエルは真意を率直に伝えた。

「とっても嬉しいです。——どうぞ、よろしくお願いします」

——ローズは求婚に応じた。

帰宅してXに伝えると、少年は言った。

「僕の役目は、ここまでです」

「どういう意味?」

「この先は、ガブリエルさんにお任せします」

「もしかしてあなたとガブリエルさんは知り合い？」

「どうでしょう」

——少年Xが姿を消したのは、その翌日のことだった。


それから一年半後——。

ローズとガブリエルは、森の小さな教会で結婚式を挙げ、その足で南の楽園ニュートンへ、新婚旅行に出発した。

ニュートン国際空港から宿泊ホテルまでは、タクシーで約半時間である。

夕暮れ時に、二人を乗せた黄色いタクシーが、ホテルの正面玄関前に到着——。

玄関ドアを開けて厳かなロビーに足を踏み入れると——、待機していたベルボーイの美少年が、微笑みながら二人に近づいてきた。

癒しのルカ

土曜日の昼下がり、癒しの部屋に、ショートヘアの若い女が現れた。

「予約をしています、リリーです」

「お待ちしておりました、ルカです。――どうぞ中へ」

応接用テーブルを挟んで向かい合った。

「離婚なさったのですね」

「はい、一か月前に正式に離婚しました」

黒人の家政婦がテーブルの上にコーヒーを置いて消えた。

「お歳は二十五歳で間違いありませんか？」

「間違いありません」

「私は幾つに見えます？」

「三十歳？」

「四十歳です」

「ハンサムなので、四十歳には見えませんでした」

「コーヒーには高級ブランド媚薬が入っています」

「それは気がつかなかったわ」

「半時間ほどで効いてきますから」

「ルカさんのコーヒーにも？」

「いいえ、私は午後も仕事がありますので」

「体力を必要としますね？」

「平日は概ね、三人の女性と」

「それは大変」

「でも、お帰りになられる時の、皆様のお元気な姿を拝見いたしますと、自分の仕事に対して少なからず誇りを感じます。――どうぞ、離婚の経緯をお話しください」

「元夫と出会ったのは大学を卒業した年でした」

「どのようにしてお知り合いに？」

「マッチングアプリで知り合いました」

「実際に元ご主人にお会いになった時の印象は？」

「素敵だと思いました」

「すぐに恋に落ちたのですね」

「一目で好きになりました」

「元ご主人の反応は？」

「彼もまた、私を一目見て気に入ったようでした」

「素晴らしい出会いでしたね」

「はい」

「元ご主人のお名前は？」

「タイムです」

「タイムさんとはどれくらいの頻度でデートを？」

「二人とも仕事をしていましたから、週に二日の頻度で」

「結婚までの期間は？」

「一年ほどでした」

「結婚生活は、約二年？」

「はい」

「離婚の原因は？」

「元夫の浮気でした」

「相手は？」

「同じ会社、同じ部署の、スペースという女でした」

「二人は今後どうするつもりでしょう？」

「結婚すると思います」

「そう言っていました？」

「だから離婚したのです」

「そろそろ媚薬が効いてくる時間ですが――」

「効いてきましたわ」

「それでは浴室に」

脱衣室で二人は裸になった。

「おきれいですね」

「ありがとうございます」

浴室の洗い場には、全身洗浄用のベッドが置かれていた。

「ベッドの上に仰向けになっていただけますか」

指示に従うと、すぐに洗浄が始まった。

「如何です？」

「とても癒されます」

「お体の隅々まで洗浄いたしますので、どうかリラックスなさってください」

「はい」

だが洗浄が終了すると、リリーが思いも寄らない言葉を口にした。

「今度は私が、ルカさんの全身を洗浄しますわ」

「初めての体験になりますね」

「駄目？」

「お願いします」

入れ替わって、洗浄を始めた。

「なんて素晴らしい筋肉――」

「週二日、ジムで鍛えていますから」

「こんなたくましい大胸筋を見るのは、初めて」

「ジムには、この程度の筋肉の持ち主はざらにいますよ」

「私、運動音痴だから一度もジムに足を運んだことがありません」

「健康目的で、ご近所のジムの入会を検討なさってみては？」

「検討してみます」

それから半時間後――。

洗浄作業を終えたリリーとルカは、バスタブの湯の中で対面座位になった。

「とっても気持ちいいです」

「こんな状況の中、恐縮ですが――」

「何でしょう？」

「今、自分の中で芽生え始めた特別な感情に、とても戸惑っています」

「え？　特別な感情？」

「はい、そうです」

「遠回しな言い方は、おやめになってください」

「失礼しました。――どうやら私は、あなたを愛してしまったようです」

「今、何と？」

「あなたを愛してしまったようだと、申し上げました」

「本当ですか？　信じてもよろしいの？」

「信じてください」

「実は私も、お会いした瞬間に――」

「特別な感情を？」

「はい。――隠し事ができない性格で困っています」

「率直で誠実なご性格だと思いますよ」

「長所ということかしら？」

「もちろんです。――よろしかったら交際をお願いしたいのですが――」

「ルカさんは独身？」

「バツイチの独身です」

「バツイチ？」

「五年前に浮気をされて、離婚しました」

「でしたら私たちの交際に障害はありませんね」

「ありません」

二人はフレンチキスを交わした。

「素敵なキスでしたわ」

「失神してもよろしいですよ」

「経験がありませんの」

「遠慮なさらず」

「なら、お言葉に甘えようかしら」

「媚薬の効能で、皆様、失神なさいます」

――リリーは失神した。


一週間後の土曜日深夜零時――。

リリーはふたたび癒しの部屋を訪ねた。

「よく来てくださいましたね」

「一週間はとても長い時間でした」

「同感です」

黒人の家政婦がテーブルの上にコーヒーを置いて消えた。

「媚薬が入っています？」

リリーが尋ねた。

「はい」

――いつの間にか彼女は裸になっていた。

フランの枕営業

フランが白亜の一戸建て住宅を訪れた時刻は、ちょうど午前の十時だった。

「宝石商のフランです」

「ホリーです。——お上がりになってください」

リビングスペースの三人掛けソファーに座ると、間もなくしてホリーがセンターテーブルの上にコーヒーを置いて、彼の隣に腰を下ろした。

「お歳は？」

「二十六歳です」

「私の年齢は四十五歳——」

「成熟した女性はとても魅力的です」

「嬉しいわ」

「ご主人はお仕事ですか？」

「ええ」

「確か、会社経営を？」

「毎日九時に出社している」

「それは素晴らしい経営者です」

「でも秘書を愛人にしているのよ」

「愛人の年齢をご存知ですか？」

「フランさんと同じ歳」

「ご主人とはどちらでお知り合いに？」

「ＳＮＳで」

「結婚なさって何年です？」

「二十年」

「お別れになるおつもりは？」

「ないわ。――別れた瞬間、私の敗北が決まるもの」

「なるほど」

「今日は電話で話した通り、プラチナダイヤモンドネックレスを購入する予定」

フランはアタッシュケースを開けた。

「ご予算は？」

「五十万パーティクル前後で」

「それでしたらこちらのネックレス二点は如何でしょう。——どちらもプラチナダイアモンドネックレスです」と、フランは二本のネックレスをテーブルの上に置いた。

「お値段は？」

「左が五十万パーティクル、右が四十万パーティクルでございます」

夫人はまず右のネックレスを試着、次に左のネックレスを試着した。

「左のネックレスにするわ」

「ありがとうございます。後日、お買い上げの商品と鑑定書をお持ちいたしますので、代金はその際に頂戴いたします。本日はこちらの仮契約書にサインを」

「その前に、このあとのことだけど——」

「お約束通り」

「楽しみだわ」

サインを済ませ、二人は脱衣室へ移動——。

スタンドミラーに自分の裸体を映しながら、夫人が口を開いた。

「四十歳を越えてから全身の肉が垂れてきて困っているの」

「お美しいのに何をおっしゃいます。――キスしますね」

唇をかさねた。

「素敵なフレンチキス――、主人のキスはとても乱暴で」

「そのようなキスを好まれる女性もいらっしゃいますから」

「愛人がそうなのかしら？」

「それは私には分かりかねます」

「一つになりましょう」

浴槽の湯の中で二人は対面座位になった。

「とっても気持ちいいわ」

「幸せですか？」

「最高に幸せ」

「罪悪感は？」

「不思議なくらいないわ」

「お子様はいらっしゃいます？」

「大学生の子供が二人いる」

「ご主人と愛人をどうなさるおつもりですか？」

「昨日までは別れさせるつもりだったけど、今はその気はないわ」

「どうしてです？」

「私にも愛人ができたから」

「私のことですか？」

「毎月、数十万パーティクルの宝石を購入するから、週に一度、遊びに来て」

「かしこまりました」

「私を愛してる？」

「もちろんです」

「本当に？」

「私は嘘が嫌いです」

「キスして」

唇をかさねた。

「素敵――」

「私も同感です」

「今日ほどときめきながら愛し合ったのは初めて」

「イキそうですか？」

フランがホリーの瞳を見つめながら尋ねた。

「イク寸前よ」

「一緒にゴールしましょう」

「ああ、もう……」

――二人は湯煙の中で果てた。


このあと――。

ベッドルームでホリーが口を開いた。

「昨日の電話で話した通り、友人のスペースが数十万パーティクルの指輪を購入したいと言っていたので、午後の二時頃に訪問なさって」

「ありがとうございます。――必ず訪問いたします」

近くの定食屋で昼食を済ませたフランは、その足でスペースの自宅を目指した。


――午後二時。

一戸建て住宅のインターホンを鳴らすと、スペース夫人が姿を現した。

「初めまして。――宝石商のフランと申します」

「首を長くして待っていたのよ」

ホリー夫人と比べるとスペース夫人はかなり若かった。

「ソファーに座って」

リビングスペースの三人掛けソファーに腰を下ろすと、間もなくしてスペースが、淹れたてのコーヒーをテーブルの上に置いて、彼の隣に座った。

「午前中はホリーさんのお宅に？」

「はい」

「購入した？」

「購入なさいました」

「幾らの宝石を？」

「それは個人情報になりますので」

「分かったわ」と、スペースは言った。「三十万パーティクルほどの、プラチナダイヤモンドリングはある？」

「ございます」

商品を出すと、スペースが試着した。

「これにするわ」

夫人は即決した。

「ありがとうございます。――本日はこちらの仮契約書にサインを。後日、お買い上げの商品と鑑定書をお持ちした際に、代金三十万パーティクルを頂戴いたします」

「了解」

「ご主人はお仕事ですか？」

「ええ。――運送会社を経営してるの」

「失礼ですが奥様は二十代では？」

「二十八歳よ。――半年前に結婚したばかり」

「新婚さんでしたか――」

「驚いたようね」

「ご主人はお幾つです？」

「三十三歳。――フランさんは？」

「二十六歳です」

「恋人は？」

「おりません」

「背が高くてハンサムなのに」

「毎日、寂しい思いをしております」

「でしたら私が恋人になってあげるわ」

「恐縮です」

「お風呂に入りましょう」

――脱衣室で二人は全裸になった。

「立派な体ね」

「小中高大と、水泳をしていました」

「現在は？」

「ジムでトレーニングを」

「いくら体力に自信があっても、今日のように一日に二人は大変ね」

「お気遣いありがとうございます」

「ホリー夫人はどうだった？」

「どうお答えしたらいいか」

「例えば彼女のニップルの感度は？」

「個人情報ですので、お答えできかねます」

「個人情報って、とっても便利な言葉ね」

「浴室で愛し合いましょう」

——バスタブの湯の中で二人は対面座位になった。

「幸せ……、キスして」

ライトキスをした。

「意地悪。——恋人同士がするキスよ」

「失礼いたしました」

フレンチキスを交わした。

「素敵」——そして続けた。「お昼過ぎにホリー夫人から電話があって、危うく失神しそうになったと言ってたわ」

「存じませんでした」

「毎週、遊びに来て」

「お約束いたします」

「失神してもいいかしら?」

「どうぞ、失神なさってください」

「ああ、もう……」

——スペース夫人は湯煙の中で気絶した。

ベッド販売員シーア

ロニーはその日、ベッドを購入するため、大手の家具店に足を運んだ。

エスカレーターで二階に上がり、数えきれないほどのベッドを見てまわっていると、ポニーテールの髪型をした若い女性店員が近づいてきた。

「ベッドをお探しですか？」

「はい」

「失礼ですがご結婚なさっています？」

「独身です」

「でしたら新商品のベッドをご紹介いたしましょう」

「高価なのでは？」

「いいえ、リーズナブルな価格でございます」

「案内してください」

二階フロアの中央に一台のダブルベッドが展示されていた。

「一見、普通のベッドに見えますが、素晴らしい性能を備えています」

「興味深いですね」

「実は私事になりますが、数日前にこのベッドを購入いたしました」

「寝心地は如何です？」

「申し分ありません」

「他のベッドと比べてどこがすぐれているのです？」

「そのご質問にお答えする前に、私がベッドを買い替えた理由を聞いていただけます？」

「それを客の僕が聞く必要がありますか？」

「大変失礼いたしました」

女店員は涙声になった。

「聞かないとは言っていません」

「では聞いていただけるのですね？」

「どうぞ、シーアさん」

「胸の名札をご覧に？」

「はい」

「つい最近のことですが、仕事中に体調が悪くなり、昼前に早退した日のことです」

「それ以上の説明は、要りません」

「要らない？」

「話の先が見えてきました」

「まだ何もお話ししていませんよ」

「連絡しないで帰宅すると、交際中の彼が知らない女とベッドにいたのでは？」

「どうしてお分かりに！」

「数日前に僕も同じ経験をしたからです」

「それで今日、ベッドを買い替えに？」

「その通りです」

「なんていう偶然でしょう」

「僕も驚いています」

「交際していた彼女とはどうなりました？」

「その日に別れました」

「私もその日に――」

「深く傷つきましたが、その分強くなったと思っています」

「恐縮ですが、お名前を教えていただけません？」

「ロニーと言います」

「ロニー様、今からこのベッドの特長をご説明いたします」

「お願いします」

シーアは、ベッドのヘッドボードに収まっているリモコンを手にした。

「テレビのリモコンにそっくりでしょ？」

「そうですね」

「このベッドの名称は、ドリームベッドです」

「素敵なネーミングだ」

「1のボタンを押すと、幸せな家庭生活の夢を見ることができます」

「面白い」

「2のボタンを押すと、仕事がうまく行く夢を見ることができます」

「3のボタンを押すと、恐ろしい夢を見ることができます」

「4のボタンを押すと、ヒーローになる夢を見ることができます」

「5のボタンを押すと、プラトニックな恋愛の夢を見ることができます」

「6のボタンを押すと、セックスをする夢を見ることができます」

「7のボタンを押すと、恋愛とセックスをミックスした夢を見ることができます」

「今の説明がもし本当なら画期的なベッドだと思います」

「社運を賭けた商品です。――お試しになります？」

「今、ここで？」

「はい」

「ベッドに横になって、リモコンのボタンを押すだけ？」

「おっしゃる通りです」

「どの夢を見ようかな――」

「一つ言い忘れていました」

「何でしょう」

「8のボタンがあるのです」

「説明をお願いします」

「愛し合っている男女がベッドに横たわってそのボタンを押すと、二人がセックスを終えるまでのリアルな夢を見ることができます」

「それは凄い」

「ロニー様は私に対してどのような感情を？」

「恋愛感情を抱いています」

「私も同じ感情を抱いていますから、私と二人で同じ一つの夢を見てみません?」

「見てみたいです」

「では横になりましょう」

ロニーとシーアは隣り合わせに横たわった。

「通常の夢と違って、極めてリアルな夢を見ることになります」

「テレビドラマや映画のような?」

「そうです」

「緊張して眠れそうにありません」

「手を繋ぎましょう。――すぐに眠くなりますよ」

手を繋いだ二人は8のボタンを押して、夢の世界に旅立った。


――その日。

SNSで知り合ったロニーとシーアは、T駅構内の恋人喫茶で待ち合わせた。

「待ちました?」

先に来ていたシーアに尋ねた。

「さっき来たところです」

「入りましょうか」

「はい」

恋人喫茶は全席個室である。

ドリンクを片手に二人は、個室のソファーに隣り合わせに腰を下ろした。

「お歳は、二十四歳で間違いありませんね？」

「はい。――ロニーさんは二十六歳？」

「そうです。――お仕事は家具店のベッド販売員？」

「間違いありません。――ロニーさんは建築士事務所勤務？」

「はい、そうです」

「プロフィール写真より実物の方がハンサムだわ」

「シーアさんも実物の方がチャーミングですよ」

二人は十秒間、見つめ合った。

「私、ロニーさんを一目見た瞬間に恋に落ちました」

「僕も一目見た瞬間に――」

「いつから恋人がいませんの？」

「ひと月前から」

「私もひと月前から」

「お別れになった理由は？」

「彼の浮気でした」

「僕も彼女に浮気をされて――」

「私たち、似た者同士ですね」

「だからこそ、お互いの気持ちを理解し合えるのでは？」

「そう思います」

ロニーはシーアの手を握った。

「キスしてもよろしい？」

「もちろん構いませんよ」

数秒間のライトキスをした。

「今度は恋人同士がする熱いキスを」

「分かりました」

フレンチキスを交わした。

「こんな素晴らしいキスは初めて」

「これから僕の自宅に来ません？」

シーアの耳元で尋ねた。

「よろしいの？」

「いいからお誘いしているのです」

一時間後――。

二人は某マンション三階の、ロニーの自宅にいた。

「お部屋の間取りは？」

「１ＬＤＫです」

「寝室はどちら？」

「こちらです」

シーアの肩を抱いて案内した。

「素敵なダブルベッド」

「買ったばかりのユニークなベッドです」

「ユニークって？」

「見たい夢を見ることができるベッドなのです」

「例えばどんな夢？」

「僕たちがセックスをする夢です」

「私が勤めている店には置いてないベッドだわ」

ロニーはヘッドボードに収まっているリモコンを手にした。

「8のボタンを押すだけで見ることができます」

「見てみたいわ」

「実際のセックスと同じ官能を体験することになりますが」

「画期的！」

「じゃ、横になりましょう」

隣り合わせに横になった。

「目を閉じてください」

「はい。――でも眠れるかしら？」

「ボタンを押して手を繋ぎましょう。――すぐに眠りに落ちます」

数分後――。

夢の中でセックスが始まると、家具店の二階フロアにいた数十人の客が、にわかにベッドの周りに集まってきた。

元カノの正体

オープンしたばかりのショッピングモールで、元カノを見かけた。

「エミリア！」

ミディアムヘアの彼女は、一人でジェイソンの前を歩いていた。

「ジェイソン？」

後ろを振り向いた彼女は、確かめるように尋ねた。

「久しぶり」

自然に笑顔が浮かんだ。

「三年前よりずいぶんたくましくなったわね」

「お前もきれいになったな」

「連れはいないの？」

「ああ。――そっちも？」

「一人よ」

「今、誰とも付き合ってないのか？」

「付き合ってないわ」

「俺も付き合ってないよ」

「三年前、急にいなくなったから心配した？」

「もちろん心配した。――理由が分からなかったからな」

「今さら遅いけど謝るわ」

「勤めていたアパレルメーカーも辞めただろう？」

「そうなの」

「立ち話もなんだからお茶しよう」

「いいわよ」

近くの喫茶店に入り、向かい合った。

「何にする？」

「コーヒーでいいわ」

注文すると、数分後にコーヒーが届いた。

「三年間、どこで何をしていた？」

「説明しないといけない？」

「嫌なら説明しなくてもいいよ」

「あなたはどうしてたの？」

「会社に行って、仕事をしてた」

「三年前と同じ会社？」

「ああ、同じ会社だ」

「優等生ね」

「皮肉？」

「いいえ、褒めているの」

「そんな風には聞こえなかった」

「耳が悪くなったのね」

「久しぶりに会って、付き合っていた頃のことを思い出したよ」

「今では懐かしい思い出だわ」

「もうあの頃には戻れないけどね」

「感傷的になってる？」

「少しね」

「よくないことだわ」

「どうして?」

「人間は、後ろを向いたまま、前の方角には歩けない」

「確かに」

「それに――」

「それに何?」

「あなたと私は今はもう、交わることのない別々のレールの上を歩いている」

「やり直すことはできないということ?」

「以前と同じような交際は、難しいわね」

「俺は前の俺とさほど変わってないが、お前が変わった」

「あなたと別れた時点で、私はあなたから旅立ったの」

「何だか寂しくなるな」

「これは事実だから受け止めて欲しい」

「俺たちがどこで出会ったか、覚えてる?」

「覚えてないわ」

「それは嘘だ。――忘れるはずがない」

「あの頃の過去は、無限に遠いところにあるの」

ジェイソンは二人が出会った五年前を思い出した。


——ショットバーだった。

先にカウンター席で飲んでいたエミリアに、ジェイソンが語りかけた。

「お隣に座ってもよろしい？」

「どうぞ、一人ですので」

隣に座った彼は、エミリアが飲んでいるカクテルと同じカルテルを注文した。

ジントニックである。

「お名前は？」

「エミリアと言います」

「ジェイソンと言います」

「お仕事の帰り？」

「はい、残業で遅くなりました」

「どういった会社にお勤めですか？」

「医療機器メーカーに勤めています」

「部署は？」

「営業です。――エミリアさんも残業？」

「はい」

「どんな会社にお勤めですか？」

「アパレルメーカーに勤めています」

「お仕事、順調ですか？」

「うーん？」

「よかったらお友達になりません？」

「お友達でよろしいの？」

「出会ったばかりですから」

「私はもう恋のモードに入っていますけど」

「実は僕も入っていますが――」

「恋に落ちた者同士がすることは、一つしかありませんわ」

「うちに来ます？」

「喜んで」

――半時間後。

七階建て某賃貸マンションの三階2号室に到着――。

浴室の洗い場で二人は対面立位になった。

「とっても気持ちいいわ」

「同感です」

「私の体、如何です？」

「素晴らしいと思います」

「どう素晴らしいのでしょう」

「官能的だ」

「最高のお誉めの言葉、ありがとうございます」

「きっとセックスがお好きなのですね？」

「否定しませんわ」

「キスしましょう」

「数秒間のライトキスを交わした。

「意地悪だわ」

「失礼しました。――今度は恋人同士がする大人のキスを」

フレンチキスで舌を絡ませた。

「こんな情熱的なキスは、初めて」

「もう一度」

三度目のキスは数分間つづいた。

「愛しています」と、ジェイソンはささやいた。

「私も愛しています」

「幸せですか？」

「幸福の滝に打たれています」

「失神しても構いませんよ」

「一度もその経験はありませんわ」

「本当に？」

「早くベッドまで連れて行ってください」

――エミリアはそこで気絶した。


「これから、どうしよう？」

出会った日に思いを巡らしながらジェイソンが尋ねた。

「恋人同士として付き合う選択肢はないわね」

「頑なだな」

「さっきも言ったように、三年前に私はあなたから旅立ったから」

「旅立ったか――」

「ごめんなさい」

「じゃ、何を求めて生きている?」

「お金と快楽かな」

「それだけ?」

「うん」

「いったいどうしちまったんだ?」

「どうもしてないわ」

「悲しくなるよ」

「こんな会話はうんざり」

「じゃ、今後どういう関わり方ができる?」

「セックスを介した関わり方かな」

「愛を抜きにしたセックス?」

「そうよ。――私が今、どうやって生計を立てているか分かる?」

「分からない」

「本当に分からない？」

「ああ。――お前の正体を正直に教えろよ」

「実は娼婦よ」

「冗談を言うな」

「あなたが歩いているレールの上にはない職業ね」

「俺がお前と付き合うにはお金が必要なわけか？」

「そういうことになるわ」

「幾ら？」

「一晩、三万パーティクル」

「いいだろう」

それから一時間後――。

二人はジェイソンの自宅に到着。

――燃えるような一夜を送った翌朝、ベッドにエミリアの姿はなかった。

ヒューゴのオーケー君

仕事が休みの土曜日、コンピュータゲームをしていると、携帯に電話がかかってきた。女友達のハンナからだった。

「今、何しているの？」

「ゲーム」

「これからデートなの。――悪いけどT水族館まで車で送ってくれる？」

「いいよ」

「ありがとう」

「デートの相手は新しい男？」

「まあね」

「どこで知り合った？」

「SNS」

「お前は可愛いからな」

「本当にそう思ってる？」

「思ってるさ」

「マンションの外で待ってるわ」

「すぐに出るよ」

十五分で到着した。

「乗れよ」

ハンナが助手席に座ると、ヒューゴはアクセルを踏んだ。

「待ち合わせの時刻は？」

「二時」

「ぎりぎり間に合うだろう」

「いつも悪いわね」

「相手の歳は？」

「二十六歳」

「俺たちと同じ歳か。――仕事は？」

「建築士」

「一級建築士？」

「いいえ、二級建築士」

「相性が合いそう？」

「それは付き合ってみないと分からないわ」

相手の男は水族館前に先に到着していた。

「ありがとう」

ハンナを降ろすとヒューゴはまっすぐに帰宅——。

だが八時間後の夜の十時過ぎに、ふたたび彼女から電話がかかってきた。

「どうした？」

「悪いけど迎えに来て欲しいの」

「どこだ？」

「ラブホテルK」

「一回目のデートでそこまで行ったか」

「うん、流れで」

「よかった？」

「よかったわよ」

「男は？」

「急用ができて先に帰ったわ」

「すぐに出るよ」

十五分で着いた。

「うちまで？」

「頼むわ」

「むろん付き合うのだろ？」

「そのつもり」

「次のデートはいつ？」

「明日の午後二時」

「どこで待ち合わせ？」

「H市立科学館」

「科学館？」

「プラネタリウムで宇宙を楽しむ予定」

「プラネタリウムね。――彼が好きなのか？」

「うん。――私も好きだし」

「そのあとまたホテル？」

「たぶんね。――私の体が気に入ったみたい」

「へー、想像できないな」

「ヒューゴが想像できないのは無理もない」

「きっと感度がいいんだ」

「そうなのかな――」

「それ以外の理由は考えられない」

　ハンナが住んでいるマンション前に着いた。

「明日も迎えに来てくれるでしょ？」

「彼に迎えに来てもらったらどうだ」

「彼のことをまだよく知らないから、住所を教えてないの」

「ＳＮＳの世界には素性の怪しい奴もいるからな」

「その通りよ」

「分かった」

「悪いわね」

「今度こそゴールしろよ」

「ゴールって、結婚のこと？」

「他に何がある」

「うまく行けばいいけど」

「祈ってるよ」

だが半年後――。

恋の相手は元カノと縒りを戻し、ハンナは失恋した。


平日のその日は、ヒューゴの誕生日だった。

バースデーケーキを買って、彼の自宅を訪問した。

「今日から二十七歳か――」

「まだ彼女ができないの？」

「友達はたくさんいるが、肝心の恋人ができない」

「そのうちできるわよ」

「どうなんだろう」

「自信がないの？」

「あんまりないよ」

「焦ることはないと思う」

この時、ヒューゴの携帯に電話がかかってきた。

「スペース、どうした？」

「助けて欲しいの」

スペースはヒューゴと同じ会社に勤める事務員である。

これまでに数度、居酒屋に迎えに行ったことがあった。

「どういう状況？」

「ストーカーに尾行されているの」

「気の所為では？」

「気の所為なんかじゃないわ」

「今、どこにいる？」

「T駅前のファミレス」

「その店なら知ってるよ」

「男も店の中にいるの」

「何歳くらいの男？」

「二十代前半かな」

「動かずにそこで待ってろよ」

「ありがとう」

　電話を切った。

「スペースって誰？」

「話したこと、ないかな？」

「初めて聞く名前」

「同僚の事務員だ」

「歳は幾つ？」

「確か二十四歳だったと思う」

「若いわね」

「まあ、俺たちより少しな」

「何だって？」

「ストーカーに尾行されているらしい」

「怖いわね」

「迎えに行くよ」

「私はここにいるわ」

「そうしてくれ」

ファミレスに着くと、奥の席にいたスペースが右手を挙げた。

「来てくれたのね」

「頼みごとをされて断ったことがない」

「だから皆が、ヒューゴさんをオーケー君と呼んでいるのね」

「そんなことより、ストーカーはどこ？」

「私の勘違いだったみたい。――二三分前に出て行った」

「それはよかった。――会社の帰りに毎日尾行されたら怖いからね」

「ちゃんと確かめてから電話すべきだったわ」

「確か彼氏がいたよな？」

「昨日から三日間、遠方に出張中なの」

「それで僕に助けを求めたのか」

「ヒューゴさんがすぐに頭に浮かんだわ」

「念のため自宅近くまで送るよ」

店を出て五分で、スペースの住まいがある五階建てマンション前に到着した。

「ありがとう」

「また何かあったら電話してきて」

「うん」

「おやすみ。――明日、会社で」

帰宅するとハンナは、ベッドで横になっていた。

「ストーカー、どうなった？」

「ストーカーじゃなかった。――遅くなったからうちまで車で送るよ」

「今夜はここに泊まりたいわ」

「おいおい、俺はお前の恋人じゃないぞ」

「そろそろ恋人にならない？」

「もう少し強めの言葉で言ってくれないと」

「ヒューゴお願い、恋人になって！」

「了解」

「エッチしましょう」

「オーケーだ」

――二人の唇が初めてかさなった。

ぺぺの計画的離婚

金曜日の深夜、近所のショットバーに入ると、ハンサムな青年がカウンター席に座っていたので、ぺぺは右隣に腰を下ろしてマタドールを注文した。

「こんばんは」

自分から挨拶をした。

「こんばんは」

青年も同じ言葉を返した。

「お一人ですか?」

「はい、そちらも?」

「一人です。――お名前は?」

「ジェイクと言います」

「私はぺぺと言います」

「お住まいはお近くですか？」

「はい」

「僕も近所に住んでいます」

マタドールが届いた。

「このお店には、よく？」

「毎週、金曜の夜に来ます」

「土曜日はお仕事がお休みだから？」

「そうです。——ペペさんは、今夜が初めて？」

「初めてです」

「お仕事は？」

「医療事務の仕事を」

「僕はＡＩ企業でエンジニアをしています」

「私、独身に見えます？」

「どうしてそんなご質問を？」

「深い理由はありません」

「結婚なさっていますね」

「なぜそうお思いに？」

「独身女性がしない質問内容だからです」

「なるほど。――既婚者です」

「ご主人は今、ご自宅に？」

「いいえ、外出しています」

「ご夫婦が深夜にばらばらに行動なさっているのですね」

「変？」

「自分は独身なので、夫婦のことはよく分かりません」

「実は私たち夫婦、離婚の約束を交わしています」

「離婚の約束？」

「特殊な夫婦だと思います」

「いつお約束を？」

「昨日です」

「どういう理由で、そういう流れに？」

「お互いときめかなくなったので、別れようかと――」

「お二人ともドライなご性格ですね」

「でも別れたあとの人生を考えると、不安がありますでしょ？」

「ええ」

「それで話し合って、新しい人生の伴侶になる人を見つけてから離婚しようと」

「なるほど」

「この離婚の仕方、どう思います？」

「悪くないと思いますよ」

「本当にそうお思いになります？」

「思います。――しかし一つだけ問題がありますね」

「もし未来の伴侶になる人が見つからなかった場合どうするか？」

「そうです」

「見つかるまでは離婚できませんわ」

「可能性は五分五分では？」

「五分五分です」

「まるでゲームのようですね」

「いい例えだと思います」

「僕に協力できることがあれば、遠慮なくおっしゃってください」

「ではお言葉に甘えて早速――、私の交際相手になっていただけません？」

「僕が？」

「あなたは私のタイプなのです」

「光栄ですが」

「お願いします」

「前向きに検討してみます」

「検討ですか？」

「交際します」

「これで一つ目のハードルをクリアしました」

「二つ目は？」

「交際を継続することです」

「それには二人の相性が問題になりますね」

「こればかりは、ある程度の交際期間を経なければ、分かりませんでしょ？」

「おっしゃる通りだと思います」

「主人との相性の悪さは、結婚してから分かりましたから」

「焦らずじっくり交際しましょう」

「ジェイクさんとなら、上手く事が運ぶような気がします」

「毎週、金曜の夜にこのショットバーでデートするというのは？」

「異存ありません」

深夜なのでジェイクが、ぺぺの自宅まで送ることになった。

「この方角は僕の自宅と同じ方角です」

「よかったですわ。――反対の方角だと、私を送ったあと、ジェイクさんがご自宅にお帰りになるのが大変ですもの」

それから十分ほど歩いたところで、ぺぺの足が止まった。

「まさか、このマンション！」

ジェイクが驚いた表情を浮かべた。

「どうなさいました？」

「自分もこのマンションに住んでいます」

「何階の何号室です？」

「三階の２号室です」

「うちは五階の３号室です」

「でしたらバーで逢う必要はありませんね」

「ジェイクさんのお部屋で？」

「はい。――毎週、金曜日の夜八時に」

「決まりましたね」

――二人の交際がスタートした。


翌週の金曜の午後八時――。

二人は三階2号室の居間のソファーに隣り合わせに座っていた。

「ご主人に僕の話をなさいました？」

「交際相手が同じマンションの住人だと知って、驚いていました」

「無理もありません」

「うまく行くことを祈っている、と」

「ご主人もどなたかと交際を？」

「マッチングアプリで知り合った人と、先週から付き合っているようです」

「順調に交際が進むといいですね」

「主人はモテル男ですから、心配はしていません」

――一時間が経った。

「今夜、私たちどうします？」

「愛し合いましょう」

――脱衣場で全裸になった。

「なんて引き締まった腹筋」

「週二日、勤務先の近くにあるジムに通っています」

「こんな見事な腹直筋、見たことがないわ」

「シックスパックの維持が、ジム通いのモチベーションになっています」

「私、運動音痴で怠け者だからジムに通ったことがありませんの」

「素晴らしい体形なので、特別な運動をなさる必要はないと思いますよ」

「ここで一つになりたいわ」

ぺぺが甘えた。

「了解」

――対面立位のポジションで合体した。

「幸せですか？」

「とっても幸せです」

「キスしましょう」

ジェイクは十数秒間、唇をかさねた。

「素敵なキスでしたわ」

「心から愛しています」

「私も心から愛しています」

「一緒にゴールしましょう」

「はい」

「もう一度、キスを」

——二人は唇をかさねたまま至福の丘を駆け上がった。

そして半年が経過——。

「ご主人の方の進捗状況は？」

「順調だと報告を受けていたのですが——」

「駄目だった？」

「昨日、相手の女性がアル中だったと言っていました」

「それは大変だ」

「別れたらしいです」

「残念ですね」

「夫の次の恋に期待しましょう」

だがそれ以降――。

ぺぺの夫の恋はどれも実らず、幾年かが経過した。

ある日ぺぺが神妙な面持ちで口を開いた。

「今日は大切なお話があります」

「何でしょう」

「主人が不治の病で余命一か月と宣告されました」

「何かの間違いでは？」

「私はもうすぐ未亡人になります」

そしてこう続けた。

「夫との離婚は、なくなりました」

――ジェイクは気絶した。

エットの余命半年

金曜の夜、見かけない白人女性が、ショットバーのカウンター席に座っていた。

デイヴは迷わず隣の席について、オリジナルカクテルを注文した。

「こんばんは」

夜の十時を過ぎていた。

「こんばんは」と、女が言葉を返した。

「この店は初めて？」

「はい、初めてです」

「近くにお住まい？」

「いいえ」

「お名前は？」

「エットと言います」

「デイヴと言います」

「ハンサムですね。――ヘーゼルの澄んだ瞳が素敵」

「ありがとうございます」

「お歳は？」

「二十六歳です」

「私は二十四歳」

「どちらにお住まいですか？」

「ニュートンです」

「ここフェルミ地区から六百キロも離れていますが、ご用事でも？」

「素敵な男性を探しにやって来ました」

「恋人探し？」

「というより、一夜を共にする男性を探しに」

「まさか娼婦？」

「違いますわ。――そんな女に見えます？」

「想像を膨らませてしまいました。――実際のお仕事は？」

「実家が裕福なので働いたことがありません」

「恵まれていますね」

「デイヴさんは何をなさっていますの？」

「ゲームエンジニアをしています」

「交際なさっている方は？」

「いません」

「魅力的なのに信じられないわ」

「エットさんこそおきれいなのにどうして男探しを？」

「事情がありまして、恋をしないことに決めています」

「女性は皆、恋に飢えていると思っていましたが――」

「ですから事情があると、申し上げていますでしょう！」

彼女は激昂した。

「怒らせてしまいましたね」

「こちらこそ、ごめんなさい」

「僕の言い方が悪かったのです」

「デイヴさんはいつから恋人がいませんの？」

「三か月ほど前からいません」

「寂しいですわね」

「だからこうして一人でお酒を」

「私でよかったら、今夜――」

「その前に恋をなさらない理由を教えてください」

「実は数日前、お医者様から余命宣告されたのです」

「余命宣告？」

デイヴは驚いて尋ね返した。

「はい。――不治の病に罹りまして」

「それは大変だ」

「余命半年と宣告されました」

「入院の必要は？」

「ないとのことです」

「お薬を飲んでいます？」

「いいえ、お薬も頂いておりません」

「セックスをなさることには、問題はないのですか？」

「お医者様から、延命を図るには毎日のセックスしかないと言われました」

「セックス一回につき、どれくらいの延命効果が？」

「一日の延命効果があると」

「たった一日？」

「はい」

「どうか控けないでください」

「お気遣いありがとうございます」

「僕の自宅は近くです」

「歩いて行ける距離かしら？」

「歩いて行ける距離です」

「マンション？」

「賃貸マンションです」

「お部屋の間取りは？」

「1LDKです」

「お一人でお暮らしなら十分な配置ですわ」

「ご案内します」

——十分後にデイヴの自宅に到着。

　脱衣場で裸になった。

「美しいプロポーションですね」

「そんなに見ないでください」

「失礼しました。――何か運動を？」

「中高の六年間、水泳部に入っていました」

「その頃はお元気だったのですね」

「はい、青春を謳歌していました」

「僕も中高の六年間、水泳をしていたのですよ」

「現在は？」

「トレーニングジムに通っています」

「それでたくましい体格をなさっているのですね」

「大したことはありませんよ」

「こんな素晴らしい大胸筋や腹直筋を見たのは初めて」

「恐縮です」

「一つになりたいわ」

「では浴室に」

バスタブの湯の中で対面座位になった。

「とっても気持ちいいです」

エットの顎が上がった。

「幸せですか？」

「幸せです」

「キスしましょう」

「はい」

デイヴは唇をかさねた。

「如何でした？」

「素敵な口づけでした」

「エットさん——」

「何です？」

「告白したいことがあります」

「何を告白なさるおつもりです？」

「どうやら僕は、あなたに恋をしてしまったようです」

「それはとても光栄ですが——」

「エットさんは僕をどう思っていますか？」

「実は私も――、あなたに特別な感情を」

「でしたら僕と結婚してください」

「正式のプロポーズ？」

「はい」

「でも私は余命宣告された女なのですよ」

「だからこそ僕のプロポーズを受けて欲しいのです」

「どういうことかしら？」

「僕と結婚して毎日セックスをすれば、あなたが不治の病で亡くなることはありません」

「確かにおっしゃる通りですね」

「悪い提案ではないでしょう？」

「謹んでプロポーズをお受けします」

「嘘ではありませんね」

「神に誓って――、ああ……もう、イキます」

――二人はその後、末永く幸せに生きた。

第二夫人

金曜日の夜、単身赴任中のセオドアが仕事帰りに自宅近くのショットバーに立ち寄ると、カウンター席に、カーリーヘアの美女が座っていた。

隣に腰かけ、ダイキリを注文した。

「こんばんは」

「こんばんは」

「ここ、初めてですか?」

「ええ。――昨日、近所に引っ越してきたばかりなので」

「僕は毎週金曜の夜に、ここで飲んでいます」

「土曜日はお仕事がお休みだから?」

「はい。――お名前は?」

「ジョージアと言います」

「セオドアと言います」

「既婚者ですか？」

「そうです。――一年前に単身赴任でここフェルミに」

「私は独身です」

「二十代前半ですね？」

「二十四歳です」

「僕は四十六歳です」

「お子様は？」

「二人います」

「男の子？　女の子？」

「男二人です」

「高校生？」

「はい、二人とも高校生です」

「一人住まいは寂しくありませんか？」

「寂しくないですよ」

「ご家族はどちらに？」

「ボースです」

「遠いですわね」

「それもあって一度も帰っていません」

「私も十八の時に一人住まいを始めてから、一度も実家に帰っていませんわ」

「お互い孤独が苦にならない質なのかも――」

「そうだと思います」

「思い起こすと高校時代から孤独を愛していたように思います」

「昼休みはクラスの子たちと離れて、校舎の屋上で弁当を食べていました」

「僕も同じように昼休みを過ごしていましたね」

「お一人で?」

「いいえ、別のクラスの孤独な女子生徒と一緒でした」

「私も別のクラスの孤独な男子生徒と――」

「その男子生徒に恋をしていました?」

「していました」

「僕もその女子生徒に恋心を抱いていました」

「キスをしました?」

「しました」

「私もしました」

「いい思い出になりました？」

「なりました」

半時間が経った――。

「そろそろ帰ります」

「私も帰ろうかしら」

「一緒に出ましょう」

月明かりの夜道を歩いた。

「同じ方角ですね」

ジョージアが微笑みながら言った。

「新しいお住まいはマンションですか？」と、セオドアが尋ねた。

「はい、賃貸マンションです」

「僕の住まいもマンションです」

「マンション名は？」

「マンションAです」

「あら、なんていう偶然！」

「まさか、同じマンション？」

「私たち、ご縁があるのかもしれません」

マンションAの入り口前で、二人の足が同時に止まった。

「何階です？」

セオドアが尋ねた。

「四階です」

「何号室？」

「三号室です」

「僕の部屋は同じ階の二号室です」

「お隣同士！」

別れ際それぞれの部屋の前で、二人は声を掛け合った。

「おやすみなさい」

「おやすみなさい」

——そうして各々の部屋に消えた。

翌日の昼、セオドアの部屋のチャイムが鳴った。

「こんにちは」と、ジョージアが笑顔を浮かべた。

「こんにちは」

「ランチはまだかしら？」

「これから外食をしようと思っていたところです」

「ご一緒してもよろしい？」

「もちろん構いませんよ」

駅前のファミレスに入り、テーブルを挟んで向かい合った。

「ハンバーグ定食にします」

「僕もそれに」

セオドアが注文した。

「引っ越しの荷物がおおかた片付きました」

「それは何よりです」

「今晩、カレーライスを作る予定なのですが、ご一緒に如何です？」

「ご馳走になります」

「七時頃にお越しください」

ハンバーグ定食がテーブルに届いた。

「唐突ですが――」と、ジョージアが口を開いた。

「何でしょう?」

「一つお願いがあります」

「お願いですか?」

「私を妻にしていただきたいのです」

「昨日お話ししたように、僕には妻と二人の子供がいます」

「承知の上でお願いしています。――私をぜひ第二夫人に」

「第二夫人?」

「そうです」

「しかし僕たちの国は、一夫多妻を認めていませんよ」

「私、愛人という言葉が嫌いですの」

「呼称に拘ってらっしゃるのですね」

「子供っぽいですか」

「いいえ、そういうことではなく――、僕とジョージアさんの歳の差は、二十歳以上もあります」と、セオドアは諭すように言った。

「気になります？」

「倫理的な負担を感じるのです」

「誠実なお言葉に、感動しました」

「僕と同じ立場の男なら、全員が共通して抱く感情ですよ」

「それを私に対する愛と理解しても、よろしい？」

「はい、そのように理解していただいて結構です」

——その夜七時。

セオドアはジョージアの部屋を訪れた。

ＬＤＫスペースにはカレーの匂いが立ち込めていた。

「美味しそうな匂いだ」

「どうぞ、召し上がってください」

「頂きます」

——ダイニングテーブルを介して食事が始まった。

「とっても幸せ」

「どうしてです？」

「本物の夫婦のように、セオドアさんと同じ空間と時間を共有できていますもの」

「僕を心から愛してくださっているのですね」

「はい」

「食事が終わったら、仲良く入浴しましょう」

半時間後――。

二人は脱衣場で裸になっていた。

「まぶしいほど美しい」

「そんな――」

「誇張ではありませんよ」

「十代の頃、水泳をしていました」

「今は？」

「週に一度、泳いでいます」

「僕も週に一度、ジムでトレーニングを」

「それで大腿四頭筋がこんなにたくましいのですね。――触ってもよろしい？」

「どうぞ」

しゃがんで両方の手のひらでなでた。

「素晴らしいわ。――一つになりたい」

「では浴室で」

——バスタブの湯につかり、対面座位になった。

「気持ちいいです」

「同感です」

「とっても癒されるわ」

「幸せですか？」

「幸福の滝に打たれているようです」

「キスしますね」

十数秒、唇をかさねた。

「まだセオドアさんのお仕事を伺っていませんでしたわ」

「文房具メーカーの営業社員です」

「私は製菓会社の商品企画の部署で働いています」

「女性にお似合いの職場ですね」

「単身赴任の期間は決まっていますの？」

「定年までこちらのフェルミ本社の営業課で働くことになっています」

「私も定年までフェルミ本社の今の部署で——」

「妻がこちらに来ることは、恐らくないでしょう」

「どうしてお分かりになります？」

「男がいるのです」

「思い違いでは？」

「本人の口から聞きましたから、間違いありません」

「離婚もあり得ます？」

「それはあり得ません」

「なぜそう言い切れるのです？」

「浮気相手の男は経済力のない貧乏学生だからです」

「なら私の第二夫人の夢は叶いますね」

「叶います」

「いつから一緒に暮らしましょう？」

「いつからでも僕は構いませんよ」

「今夜からというのは、如何かしら？」

「よろしいですよ」

「嬉しいわ」

「もう一度、キスを」

二人は熱い口づけを交わした。

「素敵でした」

「逆上せてきましたね」

「出ましょう」

寝室のベッドで騎乗位になった。

「私、十代の頃からこの体位が好きでした」

「理由は？」

「男性が果てる時の顔が、俯瞰できますもの」

「なるほど」

「愛の感情がより深まるのを感じるのです」

「お気持ち、理解しました」

「一緒にゴールしましょう」

——ジョージアの第二夫人の生活がスタートした。

エマの仮想婚

仮想婚アプリの会員登録を済ませてから三日後、エマの携帯にメールが届いた。

最適の相手が見つかったらしい。

名前はローマン、バツイチで年齢は三十歳、不動産会社勤務のハンサムな青年である。

すぐに、ローマン本人から電話がかかってきた。

「ローマンという者ですが、エマさんのお電話で間違いありませんか？」

「間違いございません」

「連絡がありました？」

「はい、ございました」

「仮想婚の候補として、僕は如何です？」

「ぜひお会いしたいと思っています」

「僕もぜひお会いしたいと――」

ローマンの言葉には淀みがなかった。

「ただお会いする前に、確かめたいことが一つ――」

「何でしょう？」

「お子様はいらっしゃいます？」

「いません」

「ホットしました」

「同じ質問を」

「私もいませんので――」

「それでは次の土曜日の午後二時、ブーケの地下街の噴水広場でお待ちしています」

「必ず行きます」

――当日。

約束の時刻に噴水広場に行くと、先にローマンが来ていた。

「初めまして。――エマです」

「ローマンです」

「お待ちになりました？」

「ついさっき来たところです」

地下街の喫茶店に入り、コーヒーを注文した。

「一年前に離婚をした時は、これで自分の人生は終わったと絶望的な気持ちになりましたが、今日エマさんにお会いして、希望の光がさしてきました」

「同感ですわ」

「エマさんが離婚なさったのも一年前ですね?」

「はい、そうです」

黒人のウエイトレスがコーヒーを運んできた。

「僕に対する第一印象をお聞かせください」

「好印象を抱いています」

「恐縮です」

「私の第一印象は?」

「僕も同じく好印象を抱いています」

「嬉しいですわ」

エマは微笑んだ。

「お仕事は確か医療事務?」と、ローマンが尋ねた。

「はい」

「お仕事、順調ですか？」

「お陰様で順調です」

「僕は不動産会社で営業をしています」

「高身長でハンサムだから、営業職に向いていると思いますわ」

「お気遣いありがとうございます」

ローマンは澄んだ瞳を輝かせた。

「ところで――」

「何でしょう？」

「提供される仮想婚の住居ですが、マンションで間違いありません？」

「そのようです。――部屋の間取りは確か１ＬＤＫ」

「期間は半年間？」

「はい。――半年間一緒に暮らせば、正すべき問題点が浮かび上がると思います」

「ユニークな企画ですね」

「というより、画期的な企画だと思います」

「これから事務所に行って、正式に申し込みません？」

「善は急げ、という言葉もありますから」

こうして一時間後――、二人は仮想婚の申し込みを完了させた。

――仮想婚、一日目。


「今晩の食事、何にしましょう?」

妻が夫に聞くように、エマは尋ねた。

「何でも構いませんよ」

「シチューとカレーライス、どちらがよろしい?」

「どちらも好物です」

「決めていただくとありがたいのですが」

「カレーライスをお願いします」

――午後の六時すぎに、ダイニングテーブルで食事が始まった。

「お口に合います?」

「とても美味しいです」

「元夫は偏食で困りました」

「僕は好き嫌いがありませんから、ご安心を」

「助かります」

「実家が貧しかったので、子供の頃から出された料理は残さず食べていました」

「ご苦労なさったのですね」

「でも両親には心から感謝していますよ」

「どうしてです？」

「大学に通わせてもらったからです」

「実家から通学を？」

「はい」

「じゃ、一人暮らしは就職なさってから？」

「そうです」

「離婚なさってからは、どちらにお住まいですか？」

「元妻と暮らしていた１ＬＤＫの賃貸マンションに、一人で住んでいます」

「もし私たちが結婚した場合、住居はどうなります？」

「新築一戸建てを購入しようと思っています」

「購入？」

「はい、ローンで」

「私は離婚してから、１Ｋの賃貸マンションに一人で住んでいるのですが——」

「でしたら購入した新居に移るのに、特に支障はなさそうですね」

「ないと思います」

——一時間後に食事が終わった。

「美味しかったです。——ご馳走様でした」

満足げな表情を浮かべてローマンが言った。

「これからどうしましょう?」

エマが探るように尋ねた。

「まずはキスを」

二人は居間のソファーに座ってライトキスを交わした。

「私たち、離婚を経験した大人同士ですから、遠慮なさらず」

「失礼しました。——ではもう一度」

今度はフレンチキスを交わした。

「素敵でしたわ」

「お上手ですね」

「キスが好きなんです」

エマの両頬は火照っていた。

「場所を移しましょう」

「はい」

寝室で衣類を脱いだ。

「たくましいお体をなさっていますね」

「そうでもありませんよ」

「ジムに通われているのですか？」

「週二日、通っています」

「こんな大胸筋、見たことがありませんわ」

「ジムにはもっとすごい筋肉の持ち主がいます」

「大腿四頭筋もハムストリングも凄い」

「最近は、下半身に力を入れて鍛えていますので」

「美しくてセクシーだわ」

「ありがとうございます」

「私、運動音痴で怠け者だから、休みの日はうちでゴロゴロしているのですよ」

「結婚したら二人でジムに通いましょう」

「何だか楽しくなりそうだわ」

「きっと楽しくなりますよ」

エマは明るい笑顔を浮かべた。

「話が変わりますが、シックスナインのご経験は？」

「シックスナインって？」

「セックスの体位のことなのですが」

「経験ありません。――元夫はセックスに淡白でしたから」

「試してみます？」

「ぜひ」

――ローマンが仰向けに、エマが俯せになって愛し合った。

「素晴らしかったです」

「明日も、その次の日も、楽しみましょう」

「バックで一つになりたいわ」

「お好きな体位ですか？」

「はい」

「好まれる理由は？」

「見えない男性の顔を想像するのが楽しくて」

「では四つん這いの姿勢になってください」

指示に従うと、ローマンはゆっくりと一つになった。

「とっても気持ちいいわ」

「幸せですか？」

「幸福の滝に打たれています」

「ブレストを愛撫しますね」

ローマンは両腕を前方へ伸ばした。

「愛しています」と、エマがささやいた。

「結婚しましょう」

「正式のプロポーズ？」

「はい。――僕が必ず幸せにします」

「ああ、私、もう……」

半年後――、二人は仮想婚を卒業して正式の夫婦になった。

一番大切な他人

ショットバーに入ると、カウンター席に美青年が座っていた。

ロッティはマティーニを注文し、青年の隣に腰かけた。

「こんばんは」

「こんばんは」

返事はあったが、力のない声だった。

「体調が悪いの？」

「いいえ、親と喧嘩をして疲れているだけです」

「名前は？」

「ボビーと言います」

「私の名前はロッティ。――歳は幾つ？」

「二十三歳です」

「私は三十五歳。――社会人？」

「去年大学を出たばかりです」

「ひょっとして就職しなかったの？」

「はい」

「どうして？」

「したいことがありまして」

「したいことって？」

「小説を書きたいのです」

「職業作家になりたいということ？」

「そうです」

「競争率高そうね。――数万倍でしょう」

「はい」

「本気で書いてる？」

「大学一年の時から本気で書いています」

「書き上げた作品は？」

「文芸雑誌の新人賞に応募しています」

「結果は？」

「落選続きです」

「趣味にしたら？」

「親からも同じことを言われていますが――」

「君の将来を心配しているのよ」

「親の気持ちはよく分かります」

「今、どんな所に住んでいるの？」

「ワンルームマンションに住んでいます」

「生活費はアルバイトで？」

「そうです」

「どんなバイトをしてるの？」

「ファミレスで接客の仕事を」

「何時から何時まで？」

「朝の十一時から夜の七時まで」

「ハイボールが空よ。――まだ飲めるでしょう？」

「お金がないので」

「私が出すわ。――マスター、ハイボール！」

「ご馳走になります」

「貧乏だといい小説は書けないわよ」

「そうですか？」

「気持ちに余裕がないと」

「仕方がありませんよ」

「経済的な面倒を見ましょうか？」

「どうして赤の他人の僕に親切に？」

「ハンサムだから」

「それだけの理由で？」

「理解できない？」

「はい。――僕に才能があるかどうかも分からないのに」

「正直言って今の段階では、君の才能にはさほど関心がないの」

「でしょうね」

「才能のあるなしは、芽が出ないうちは誰にも分からないわ」

「正しいご意見だと思います」

「でも芽が出るのを待っていてはだめよ。——年齢との競争だから」

「僕は書いているだけでいいのですか?」

「世の中、そんなに甘くはないわ」

「何をすれば?」

「私とセックスをしないと」

「お安い御用です」

「私を抱ける?」

「あなたを抱けない男は、この世にいません」

「最高の褒め言葉を知っているわね」

「小説家を目指していますから」

「今から私の自宅に案内するわ」

「ご主人がいらっしゃるでしょう?」

「セカンドハウスだから大丈夫。——別居しているの」

「そうなんですね」

「週に一日、本宅で主人の相手をしている」

「ご主人のお歳は?」

「私より二十歳上」

「五十五歳？」

「ずいぶん上でしょ」

「お仕事は何を？」

「詳しくは私も知らない」

「本当ですか？」

「本当よ」

「ならお聞きしません」

「賢い判断ね。——出ましょう」

——ロッティはタワーマンションの最上階に住んでいた。

だだっ広いＬＤＫスペースを見てボビーは驚いた。

「凄い！」

「小説家はこの程度のことで驚いていてはだめよ」

笑みを浮かべながらロッティが言った。

「どうしてです？」

「平常心で何でも普通に書けないといけないから」

「なるほど」

「今夜から君はここで暮らすことになる」

「ありがとうございます」

「執筆はパソコン？」

「そうです」

「じゃ、好きな部屋で書いて」

「そうします」

「今、コーヒーを淹れるわ。――ソファーに座って」

リビングスペースのソファーに腰を下ろすと、やがてロッティが淹れたてのコーヒーをセンターテーブルの上に置いて、彼の隣に腰かけた。

「家政婦さんは？」

「以前、雇っていたけど、首にした」

「どうしてです？」

「物を盗む人だったから」

「そうなんですね」

「他人をうちに入れるのはもう懲り懲り」

「僕も他人ですよ」

「君はただの他人ではないわ。――一番大切な他人」

「キスしてもよろしい？」

「もちろん構わないわ」

ボビーはロッティの髪に右手を入れて、唇をかさねた。

「お上手ですね」

「キスは大好き。――一緒にお風呂に入りましょう」

浴槽の湯の中でカプースになった。

「とっても気持ちいいわ。――私を愛してる？」

「心から愛しています」

「きっといい小説が書けるわよ」

「そんな気がしてきました」

「私たちのことを書けば、新人賞受賞は間違いなしね」

「ありのままを書いてもよろしい？」

「名前さえ変えてくれたら、問題ないわ」

「頑張ります」

「期待しているわね」

「ベッドに行きましょう」

――ボビーとロッティは、そこで登山を終えた。


三年後のある夜――。

ショットバーに入ると、カウンター席に美青年が座っていた。

ロッティはマティーニを注文し、青年の隣に腰を下ろした。

「こんばんは」

「こんばんは」

「名前を教えて頂戴」

「タイムと言います」

「私の名前はロッティ。――歳は？」

「二十五歳です」

「私は三十八歳」

「ミディアムヘアがお似合いですね」

「嬉しいわ」

「事実を申し上げたまでですよ」

「仕事は？」

「小説家の卵です」

「ついこの間、Ｋ文学新人賞を受賞したボビーという作家をご存知？」

「知っています」

「私、彼のパトロンを三年やって、一人前に育てたの」

「受賞作品、読みました。——確か小説家志望の青年が、美しいパトロンと出会って、文壇に華麗にデビューするまでを描いた小説でした」

「私のアドバイス通りに彼は書いたのよ」

「僕のパトロンになってください」

「週六日、私とのセックスを約束してくれたらお安い御用だわ」

「お約束します」

「Ｋ文学新人賞は、裏から手を回せば簡単に受賞できる賞だから安心して頂戴。——主人に頼めば、君の夢はきっと叶うわ」

「ずっとあなたのような人との出会いを待ち望んでいました」

——数時間後ロッティは、青年の腕の中で燃え尽きた。

用心棒アレックス

その夜、国道沿いの歩道の片隅で、中年の美女が三人の男に脅されていた。

「早く金を出せ！」

右頬に傷のある厳つい顔をした男が大声を上げると、そばを通りかかったアレックスの足が、ぴたりと止まった。

「おい、お前たち、何をしている」

「見ての通りだ」と、長身の男が不敵な笑みを浮かべた。

「やめておけ。——大怪我を負うことになるぞ」

「うるせー」と、スキンヘッドの男が怒声を浴びせたが、三十秒も経たないうちに、三人の男はアレックスの拳に倒れた。

「お怪我は？」

「大丈夫、ないわ」

「さあ、行きましょう」

国道を走るタクシーを拾った。

「どうぞ、お乗りください」

「あなたも、乗って」

二人は後部座席に隣り合わせに座った。

「助けてくれてありがとう」

「お役に立ててよかったです」

「名前は？」

「アレックスと言います」

「私はナンシー。――いい体をしているわね」

「空手とアメフトをしていました」

「それで強いのね」

「体力にだけは自信があります」

「身長はどれくらい？」

「二百センチです」

「こんな大きな人を間近で見るのは、初めて」

「でしょうね」

「私は百六十八センチ」

「女性にしては大きい方ですよ」

「体重はどれくらい？」

「百キロ超です」

「私の体重は言わないでおくわね」

「はい」と、アレックスは微笑んだ。

「仕事は何をしているの？」

「勤めていた運送会社が倒産して、現在、無職です」

「それは大変だわね」

「就活中です」

「じゃ私の用心棒を頼もうかしら」

「幾ら頂けます？」

「一日二万パーティクルでどう？」

「そんなに？」

「約束するわ」

やがてタクシーがレンガ造りの邸の前で止まった。

邸内に入ると、若い家政婦がリビングにいた。

「スペース」

「はい、奥様」

「今夜からこちらのアレックスさんが、二十四時間、私の用心棒をすることになったから」

「急なお話ですね」

「さっき、三人組の男に襲われたのよ」

「怖い！」

「でも通りかかった彼が助けてくれたの」

「奥様の恩人になりますね」

「よろしく頼むわね」

「かしこまりました」

「何かして欲しいことがあったら、この子に言って」

「はい」と、アレックスは返事をした。

「お食事もお作りするのですね」

「そうね。――今晩、彼が食べる分はある？」

「カレーライスをたくさんお作りしましたから、ございます」

「用意してくれる」

「只今」

——食卓にはスペースもついた。

「この子は幼い時に両親に捨てられ、教会に引き取られてそこで育った子なの」

ナンシーがアレックスに説明した。

「そうですか——」

「昨年、主人が亡くなってから、うちで働いて貰っているのよ」

「寂しさを埋めるために?」

「うん。——この子を自分の娘だと思っている」

「君は歳は幾つ?」と、アレックスが娘に尋ねた。

「十六歳です」

「そんなに若いの?」

「はい」

「あなたの歳をまだ聞いていなかったわね」

「二十八歳です」

「私、幾つに見える?」

「二十代半ばでは?」

「お世辞にもなっていないわよ。——四十五歳」

「ご主人はお幾つでお亡くなりに?」

「六十歳で亡くなった」

「どこでお知り合いに?」

「私が勤めていたクラブで」

「ホステスをなさっていた?」

「ええ」

「ご主人は常連さんだったのですね?」

「私をいつも指名してくれた」

「そして、口説かれた?」

「うん、そう」

「ご主人は会社経営を?」

「不動産会社の経営者だった」

「奥様が会社をお継ぎに?」

「現在は、亡き夫の実弟が社長をして、私は会長職」

「承知しました」

「ところであなたは一人暮らし？」

「一人暮らしです」

「マンションで？」

「ワンルームマンションで」

「だったらここに引っ越してきたら」

「よろしいのですか？」

「二十四時間勤務の用心棒は住み込みでないと」

「荷物を収納するお部屋は、ありますか？」

「客室を使いなさい」

「食事が終わったら、私がご案内します」

スペースが言った。

「ありがとう」

「お風呂は毎晩、十時頃に入っているの」

「では十一時頃に、シャワーをお借りします」

「駄目よ」

「どうしてです？」

「私が風呂場で襲われたらどうするの」

「確かに」

「一緒に入って」

「恐縮です」

食事のあと二人は脱衣室で裸になった。

「脱ぐと一層たくましい体ね。――病気になったことある？」

「ありません」

「ご両親に感謝しないといけないわね」

「はい」

「私の体、どうかしら？」

「素晴らしいプロポーションだと思います」

「嘘でも嬉しいわ」

「何か運動を？」

「最近、ヨガにはまっているの」

「それはいい」

「健康になったような気がする」

「心身の健康法として私もヨガを推奨しています」

「キスしたいわ」

ほんの数秒、唇をかさねた。

「遠慮しないで。——私たち今は対等の立場なのよ」

「承知しました」

フレンチキスを交わした。

「素敵だったわ」

「恐れ入ります」

「合体しましょう」

バスタブの湯の中で対面座位になった。

「とっても気持ちいいわ」

「幸せですか？」

「幸福の滝に打たれている」

「抱きしめますね」

アレックスはナンシーの背中に両腕をまわした。

「あなたと出逢えて本当によかったわ」

「それは私の台詞です。――奥様、愛しています」

「今、なんて？」

「愛していると申し上げました」

「私もあなたを一目見た瞬間に、恋に落ちたわ」

「奥様、結婚してください」

「プロポーズ？」

「はい」

「結婚したらスペースを養女にしてもいいかしら？」

「構いませんよ」

ナンシーの細い顎が上がった。

「ああ、もう……」

――アレックスの太い腕の中で彼女は果てた。

アンドロイドE

土曜日の午後、エリカはアンドロイド店に足を運んだ。

「こんにちは」

「いらっしゃいませ。——店主のカレブです」

「セックス用アンドロイドはありますか？」

「はい、ございます」

店の奥へ案内された。

「こちらが本日入荷しました、最新型のセックス用アンドロイドEです」

Eはタンクトップと半ズボンを身に着けていた。

「立派な体格ですね」

「身長が二百センチ、体重が百キロございます」

「素敵」

「アンドロイドをお求めになるのは初めてですか？」

「初めてです」

「知能が低いアンドロイドはお薦めできません」

「Eの知能は？」

「平均的な人間の知能よりも高い知能を有しております」

「感情も備わっています？」

「備わっています」

「怒りや嫉妬の感情も？」

「そういう負の感情は備わっておりません」

「それは素晴らしいわ」

「百聞は一見に如かず。——スイッチを入れましょう」

「お願いします」

店主がEの臍を二秒押すと、瞼が開いた。

「如何です？」

「瞳の色がアイスブルーですね」

「お好きな色ですか？」

「一番好きな瞳の色です」

「話しかけてみてください」

「こんにちは」

「こんにちは」

　セクシーな声で返事が返ってきた。

「私の名前はエリカよ」

「私の名前はエントリーです」

「Eは、エントリーの略なの？」

「そうです。——お歳は？」

「何歳だと思う？」

「二十五歳？」

「凄い。——当たったわ」

「セミロングの髪がとてもお似合いですね」

「ありがとう」

「お仕事は？」

「商社に勤めている」

「どんなお仕事ですか？」

「営業サポート。――分かる？」

「はい、分かります」

「賢いのね」

「どうしてセックス用アンドロイドをお求めに？」

「失恋したからよ」

「いつのことです？」

「一か月前」

「つい最近なんですね」

「うん」

「お別れになった理由は？」

「踏み込んでくるわね」

「距離を縮めたい一心でお尋ねしました」

「じゃ、別れた理由を推測してみて」

「お二人の恋心が冷めたからでは？」

「どうして分かったの？」

「お顔にそう書いてあります」

「お客様、――お気に召しました？」

店主が尋ねた。

「気に入りました」

「すぐれているでしょう」

「想像していた以上にすぐれていますね」

「さて次は――、肉体的な相性になりますが」

「それればかりは確かめられませんでしょ？」

「お確かめになれますよ」

「どのようにして？」

「奥の部屋で実際にEとセックスができます」

「ご冗談でしょう」

「当店のサービスの一環でございます」

「案内してください」

「スペース！」

店主が大声を上げると、女性店員がどこからともなく現れた。

「はい、何でしょう」

「こちらのお客様をお試し部屋へご案内して」

その部屋にはダブルベッドが一台あるだけだった。

「只今からEと二十分間のセックスを楽しんでいただきます」

スペースが説明した。

「このベッドの上で？」

「はい」

「緊張するわ」

「相性が合わない場合は、遠慮なくおっしゃってください」

「どうなります？」

「他のセックス用アンドロイドをご紹介いたします」

「分かりました」

「防音室ですので、お声が外に漏れることはございません」

「少し大袈裟だわ」

「お客様に安心していただくための措置でございます」

「了解しました」

「体位に関するご要望は？」

「バックでお願いします」

「ではお客様、全裸になって、ベッドにお上がりください」

全裸でベッドに上がった。

「四つん這いの姿勢になりましょう」

その体勢になった。

「これでいいかしら」

「はい。――エントリーもベッドに上がって」

「承知しました」

Eもベッドに上がった。

「合体する前にデリケートゾーンの愛撫を受けてください」

「どんな愛撫です？」

「舌による愛撫です」

「洗っていなくてもよろしいの？」

「Eはロボットですから」

エントリーが舌先で愛撫を始めた。

「とっても気持ちいいわ」

「続けますね」

そうして十分の時が過ぎると、スペースが口を開いた。

「ではお客様、Eの性器を三秒間握って、性交可能な状態にしていただけますか」

指示に従ったが、エリカは首をかしげた。

「サイズが小さいように思いますが――」

「ご心配には及びません」

「どうして？」

「挿入後に膣内でサイズが調整されますから」

「安心しました」

――二人は一つになった。

「如何です？」と、エントリーが尋ねた。

「とっても幸せ」

「性器を回転させますね」

「そんなことができるの？」

「さらに快感が増しますよ」

ゆっくり回転させた。

「堪らないわ」

「ピストン運動を開始します」

Eが腰を動かしはじめた。

「失神なさったご経験は？」

「ないわ」

「恐らく初めて経験なさると思います」

「楽しみ」

「イキそうですか？」

「ああ、もう……」

——エリカは失神した。


意識を取り戻した時、そばには、スペースに代わって店主がいた。

エリカは慌てて、先ほどベッドわきの脱衣籠に脱ぎ捨てた衣類を身につけた。

「ご感想は？」

「素晴らしかったです」

「相性がよかったということですね？」

「はい。――私、Eに恋をしてしまったかも」

エリカは自分の気持ちを隠さなかった。

「もう離れられませんね」

「離れられません」

「エントリーはどうだ？」

「私も離れられません」

「本当、エントリー？」

「アンドロイドは嘘をつきません」

「購入します」

「お買い上げありがとうございます」

店主の笑顔がはじけた。

「近年は、人間同士の結婚よりも、従順なロボットとの事実婚を希望される方が増加しております。心理的な摩擦が生じない、理想の性生活をぜひご堪能ください」

「とても、楽しみ」

――エリカはEと手をつないで店をあとにした。

宝石商人エズラ

快晴の日の午後――。

宝石商人エズラは、高級住宅街に聳える、白亜の邸のインターホンを鳴らした。

「はい」と、明るい声が耳に届いた。

「宝石商の者ですが――」

「宝石商?」

「左様でございます」

「今どき珍しい販売方法ね」

「格安のお値段で、リング、ネックレスなどを販売いたしております」

「何ていう宝石商?」

「エズラ宝石商と申します」

「失礼ですけど、聞いたことがないわ」

「大きな声では言えませんが、枕営業をしております」

「それならそうと早く言ってくださらないと」

　金髪の女性が門扉を開けると、エズラは名刺を手渡した。

「若くてハンサムね」

「ありがとうございます」

　リビングルームに通された。

「私の名前はアンバー。――コーヒーを淹れるからソファーにお掛けになって」

「お気遣いなく」

　間もなくすると、淹れたてのコーヒーをテーブルの上に置いたアンバーが、エズラの隣に腰を下ろした。――甘美な香水の香りが鼻腔に広がった。

「うちは家政婦を雇っていないのよ」

「そうなんですね」

「子供がいた頃は家事が大変だったので、雇っていたけど」

「お子様は何人いらっしゃいます？」

「二人」

「現在はご主人とお二人でこのお邸に？」

「ええ。――子供たちは大学生になると、この家を出て行ったわ」

「ご主人はどういったお仕事を?」

「会社経営」

「何不自由のない生活を送られているのですね」

「エズラさんはお幾つ?」

「二十八歳です」

「私、幾つに見える?」

「十八歳?」

「冗談にもなっていないわ。――五十五歳よ」

「とても五十代には見えませんでした」

「美容にお金をかけているからかも」

「ご主人のお歳は?」

「六十五歳。――元気なので、困っているの」

「と言いますと?」

「愛人を作って、週末は家に帰らないのよ」

「愛人は誰です?」

「社長秘書よ」

「何年、愛人関係を？」

「二年」

「以前は別の秘書を愛人に？」

「その通り」

「奥様が浮気をなさったことは？」

「今回、エズラさんと初めて」

「私は愛人ではありませんでしょう？」

「いいえ、エズラさんはこれから私の愛人になる人」

「夢のようなお話ですが――」

「一目見た瞬間に、エズラさんに恋をしてしまいました」

「ご冗談を」

「冗談なんかじゃないわ」

「信じられません」

「信じて」

「承知しました」

「エズラさんは私をどうお思いに？」

「特別な感情を抱いております」

エズラは流れに乗った。

「じゃ、その気持ちが嘘でない証拠を示して」

エズラは夫人の肩に右腕を回して唇をかさねた。

熱いフレンチキスである。

「私の愛を感じていただけましたでしょうか？」

「感じたわよ」

「シャワーをお借りしたいのですが――」

「案内するわ」

この時インターホンが、部屋中に鳴りひびいた。

ショートヘアの美しい女の顔が、画面に映し出されている。

「こんにちは私よ、スペース」

「今、ドアを開けるわ」

「どちら様です？」と、エズラは尋ねた。

「近所のお友だち」

「私がここにいても？」

「親友だから構わないわよ」

玄関に向かったアンバーは、スペース夫人を連れて居間に戻ってきた。

「あら、お客様だったのね」

「宝石商のエズラさんよ」

「ハンサムね。――ライトブラウンの瞳が素敵」

「コーヒーを淹れるわ」

スペース夫人はエズラの右隣に座った。

「お邪魔じゃなかった？」

「ちっとも」

「私もネックレスでも買おうかしら」

「枕営業をなさっているから、お買いになったら」

「今の話は本当？」

「はい」

「買うわ、買うわ」

「お好きな宝石は？」

「ネックレスになさいます?」

「真珠が好きなの」

「そうね」

エズラは大きなアタッシュケースを開けて、真珠のネックレス三点を、センターテーブルの上に並べた。

「右が四十万、真ん中が六十万、左が八十万パーティクルでございます」

淹れたてのコーヒーをテーブルの上に置いたアンバーが、エズラの左隣に座った。

これでエズラは二人の女に挟まれる形になった。

「アンバーさんは何を買ったの?」

「まだ買ってないの」

「宝石も買わないで、二人で何を?」

「キスしていただけよ」

「私にもキスして頂戴。——買うから」

「かしこまりました」

エズラはスペース夫人と唇をかさねた。

「決めた、八十万パーティクルのネックレスにするわ」

スペースの瞳は虚ろになっていた。

「私も同じものにする」

競うようにアンバー夫人が続くと、エズラは彼女とも唇をかさねた。

「では後日、ネックレスケースにお品を入れ、鑑定書を添えて、お持ちいたします」

「代金はその時で?」

アンバーが尋ねた。

「はい、その時で。――こちらに、ご住所とお電話番号とお名前を」

エズラは二枚の購入申し込み用紙をテーブルの上に広げた。

――二十分後。

「これからどのような形でプレイをいたしましょう?」と、エズラが尋ねた。

「一人ずつのプレイは、時間がかかるわね」と、アンバーが言った。

「では三人でプレイを?」

「私は三人でもいいわよ」と、スペース夫人が言った。

「ご経験が?」

エズラがスペースに尋ねた。

「三人でのプレイのこと?」

「そうです」

「学生時代、四人でプレイしたことがあるわ」

このスペースの発言に、アンバーが素早く反応した。

「私もあるわ」

「お二人はバイセクシュアルですか？」

「実はそうなの」と、スペースが答えた。

「彼女のご主人にも愛人がいるので、時々二人で慰め合っているのよ」

「でしたら、３Ｐは問題ありませんね」

——寝室へ移動。

「私が脱がせてあげる」

アンバーがエズラの衣類を脱がせはじめた。

「私も手伝うわ」と、スペースが続いた。

エズラは二人の女にたちまち裸にされた。

「今度は私たち二人を裸にして」

アンバーが命じるようにエズラに言った。

「かしこまりました」

——そうして三人は、ベッドの上で一時間あまり戯れた。

「毎月、こういう時間を持つことにしない？」

アンバー夫人が提案した。

「私は賛成よ。——もちろん、宝石の購入が前提になるけど」

スペースも乗り気だった。

「エズラ君、私たち月一で、宝石を買う約束をするわ」と、アンバーが明言した。

「ありがとうございます」

二人の頬にライトキスをした。

「第四金曜日の午後に、ここでこうして三人で会うことにしましょう」

アンバーが話をまとめた。

そして——。

「エズラ君、これから時間まだ大丈夫？」

「はい、大丈夫です」

——エズラの商魂がふたたび頭をもたげ始めた。

彼を待つエリザ

ショットバーに入ると、カウンター席にセミロングヘアの美女が座っていた。

オーリーは右隣の席に腰を下ろし、グラスホッパーを注文した。

「私、彼を待っているのです」

「それは失礼しました」

立ち上がろうとすると、女がとめた。

「お座りになってください」

「しかし、今――」

「彼を待っているだけですから」

「お名前は?」

「エリザと言います」

「オーリーと言います」

「このお店にはよく?」

「金曜の夜に来ます」

「土曜日はお仕事がお休みだから?」

「はい。——お歳は?」

「二十五歳です」

「僕は三十歳です」

「独身?」

「ええ」

「私も独身です」

「長い時間、彼をお待ちに?」

「二年になります」

「二年!」

「声が大き過ぎます」

「失礼しました。——いったいどういうことです?」

「どういうこととは?」

「このバーで彼と待ち合わせているのでしょ?」

「誰が『待ち合わせている』と言いました?」

「そうではない?」

「『彼を待っている』のです」

「もう少し分かりやすくお願いします」

「『彼にしたい人を待っている』と言えばいいのでしょうか——」

「今のご説明で、よく分かりました」

「ですが、なかなかいい出会いがありません」

「皆さん、どこかで折り合いをつけているのだと思います」

「私はそれができない女のようです」

「ご性格ですから仕方がありませんね」

「ところが今夜、ようやく『彼にしたい人』が現れました」

「その人はどこに?」

オーリーはすばやく店内を見まわした。

「あなたです」

「からかわないでください」

「からかってなんかいませんわ」

「僕はどこにでもいる平凡な男です」

「平凡にも色々ありますわ。――私は『あなたの平凡』に惹かれました」

「僕の平凡？」

「それを言葉で説明することはできませんが――」

数分間の沈黙のあと、オーリーが口を開いた。

「一週間後にまたお会いしましょう」

「今夜はここまで？」

「何かいいご提案でも？」

「近くに恋人パークがありますが――」

「美女のお誘いをお断りするわけにはいきませんね」

――半時間後に恋人パークに到着。

夥しい数のカップルが訪れていた。

「何組のカップルがいるのかしら？」

「数えきれないほどのカップルがいると思います」

「そんなに大勢？」

「恋は資本主義に似ています」

「どう似ているのです？」

「どちらも欲望の再生産によって成り立っています」

公園の東側にある花壇のそばに、空いているベンチが一基あった。

エリザが腰を下ろすと、オーリーも彼女の隣に座った。

夜風が二人の頬をやさしくなでた。

オーリーとエリザは、月の光を浴びながら何度も唇をかさねた。


——一週間後。

ショットバーのカウンター席に、二人は隣り合わせに座っていた。

「恋人パークで一時間もキスをしたので、一週間が長く感じられました」

オーリーは素直に自分の気持ちを伝えた。

「私も同感です」

「僕は実は、恋愛に慎重です」

「女性を信用していないからですか？」

「というより自分を信用していないからです」

「それはまたどうして？」

「二か月前に終わった恋がよくありませんでした」

「どんな恋でした？」

「相手の女性を熱烈に愛するところから始まった恋でしたが、ある日突然、その恋心が冷めてしまったのです」

「突然？」

「そうです」

「それはでも、オーリーさんの所為ではないと思いますけど」

「では誰の所為だと？」

「誰の所為でもありませんわ」

「誰の所為でもない？」

「はい。――それは恋の宿命です」

「恋とは何です？」

「妄想です」と、エリザは答えた。

「だから泡沫のようにあっけなく消えてしまう？」

「おっしゃる通りです」

「儚いですね」

「受け入れるより仕方がありません」

「一つ提案があります」

「どのようなご提案です？」

「寂しくなりますが、向こう三か月間会うのを控えません？」

「控えてどうするのです？」

「『出会い系ホテル特別室』をご存知ですか？」

「聞いたことがあります」

「まず三か月後の第三金曜日の特別室を宿泊予約します」

「そして？」

「宿泊予約日に逢いたければ、ホテルに行く」

「自分が執る行動を事前に相手に知らせずに、ですね？」

「はい。――そしてその結果を受け入れる」

「なぜそのようなご提案を？」

「確かに恋は遅かれ早かれ終わりますが、この提案を採用すれば、この先少なくとも三か月間は、僕たちの恋の寿命が尽きることはありません」

「なるほど」

「提案を呑んでいただけます？」

「はい」

「では今から『出会い系ホテル特別室』のホームページで、各自が宿泊予約をしましょう。

——特別室の予約は、システム上、各々が行うことになっています」

「分かりました」

予約終了後オーリーがエリザに次のことを確認した。

「この先三か月間あなたは、この店に来ないことを誓いますか？」

「誓います」

二人は店の外に出た。

「さて、これからどうします？」と、オーリーが尋ねた。

「今夜が最後のデートになるかもしれませんから、思い出作りをしたいわ」

「場所は？」

「ラブホで」

——半時間後にホテルに到着。

シャワーのあと洗い場で対面立位になった。

「とっても気持ちいいです」

「幸せですか？」

「幸福の滝に打たれているようです」

「キスしますね」

数秒間のライトキスをした。

「今度は私から」

エリザはフレンチキスを試みた。

「如何でした？」

「素敵でした」

「どう素敵だったのかしら」

「エリザさんの愛を感じることができました」

「もう一度」

三度目のキスは数分間つづいた。

「息継ぎができました？」

「できました」

「僕の愛が感じられましたか？」

「感じられました」

「ベッドに行きましょう」

「はい」

「抱いて行きます」

——ベッドに到着。

「お好きな体位は？」

「ウーマンオントップです」

その体位で一つになった。

「凄く気持ちいいです」

「とってもきれいですよ」

エリザは上半身を前に傾けた。

唇をかさねると二人は——、めくるめく至福の丘を一気に駆け上がった。

「キスして」


それから三か月後の第三金曜日——。

オーリーとエリザが宿泊予約をしていた『出会い系ホテル特別室』は、予約日前日に、各々の明確な意思によってキャンセルされた。

作家志望の女

この日の朝にマンションの隣の部屋に引っ越してきた女が、昼前に挨拶に現れた。

「今朝、隣に引っ越してきましたヴィクトリアという者です」

「オズマと言います」

「よろしくお願いします」

「こちらこそ、よろしくお願いします」

ヴィクトリアは粗品の食器用洗剤をオズマに手渡した。

「近くに大衆食堂かファミレスはありますか?」

「今から外食するところでした。――ご案内しましょう」

「助かります」

二人はワンルームマンションの外に出た。

「ファミレスでよろしい?」

「はい」

五分後——。

ファミリーレストランで向かい合った。

「ハンバーグ定食が美味しいですよ」

「じゃ、それにします」

オズマが注文した。

「お引越しは転勤で？」

「はい。——駅前のKスーパーA店に転勤に」

「あの大きなスーパーマーケット……」

「オズマさんはどちらにお勤めですか？」

「小さな広告会社に勤めています」

「お歳は？」

「二十七歳です」

「私は二十五歳です」

「ご出身はどちらですか？」

「フェルミです」

「僕はボースです」

「お隣同士の地区ですね」

「お部屋もお隣同士、ご縁があるのかもしれません」

「あると思います」

――ハンバーグ定食がテーブルに届いた。

「味は如何です？」

「美味しいですわ。――今晩うちで一緒に食事をしません？」

「ご迷惑では？」

「私がお誘いしているのですから、ご心配には及びません。――カレーライスを作る予定でいます」と、ヴィクトリアは説明した。

「大好物です」

「それはよかったですわ。――お待ちしております」

「何時頃にお伺いすれば？」

「六時半頃にお越しください」

――約束の時刻にオズマは、ヴィクトリアの部屋を訪れた。

「どうぞ、中へ」

円形のローテーブルを挟んで食事を始めた。

「ご本がたくさんありますね」

本棚に文芸書が並んでいた。

「実は毎晩、小説を書いています」

「小説を？」

「そうです」

「趣味で？」

「趣味ではありません」

「どんなジャンルの作品を？」

「恋愛小説を書いています」

「きっと恋愛経験が豊富なのですね？」

「それが乏しいのです。――想像力を頼りに書いています」

「ご謙遜を」

「とんでもありません。――オズマさんこそオモテになるのでは？」

「現在、恋人募集中の身です」

「澄んだ瞳がとても魅力的なのに」

「半年前に振られました」

「その女性の気が知れませんわ」

「浮気をされたのです」

「それはルール違反です」

「でも男と女の間では、よくあることですよ」

「もしご迷惑でなかったら、私と交際しません？」

「僕のような平凡な男でよろしいのですか？」

「ご自分のことを『平凡』という一言に要約するのは、よくありませんわ」

「交際させていただきます」

「恋をすればリアリティのある作品が書けそうな気がします」

「僕を利用してください」

「利用するなんて」

「本気で僕との交際をお考えに？」

「もちろんです」

「とても光栄です」

「お代わりなさいます？」

「はい、頂きます」

――食事はそれから半時間後に終わった。

「これからどうしましょう？」と、ヴィクトリアが尋ねた。

「どうするとは？」

「キスします？」

「よろしいですよ」

「ペースがちょっと速いかしら？」

「恋にはスピードが必要です」

数十秒間、唇をかさねてほどいた。

「とてもお上手ですね」

「ヴィクトリアさんも素敵でした」

「もう少し続けたいわ」

「キスを？」

「はい」

それから二人は、時を忘れてフレンチキスを交わした。

我に返ると零時を過ぎていた。

「毎晩、お越しくださいね」

「はい」

「恋に溺れていく女を書いてみたいのです」

「ではまた、明日」

翌夕刻――。

ヴィクトリアの様子が、前日と違っていた。

夕食の支度をせず、小説を書いていた。

「ごめんなさい。――まだお食事の用意ができていません」

「でしたらファミレスで何か食べましょう」

昨日と同じハンバーグ定食を注文した。

「ご出勤はいつからです？」

「今日からです」

「お仕事には行かれました？」

「午前中六時間、品出しの仕事をしてきました」

「パートですか？」

「そうです」

「お仕事が終わってから執筆を？」

「はい。――オズマさんとの出会いからキスまでのシーンを書きました」

「いい調子ですね」

「滑り出しは上々です」

「完成を楽しみにしています」

ハンバーグ定食がテーブルに届いた。

「オズマさんは明日はお仕事？」

「仕事です」

「じゃ今夜は、早くお休みにならないといけませんね」

「十一時頃が就寝時間になります」

「まだ四時間、時間があるわ」

「そうですね」

「セックスをお願いしたいのですが――」

「構いませんよ」

オズマに迷いはなかった。

「感謝します」

――ヴィクトリアの部屋で二人は愛し合った。

「とても素敵でした」と、オズマは言った。

「最高の営みだったと思います」

「同感です」

「明日もお願いできます?」

「お体は大丈夫ですか?」

「大丈夫です」

「今からお書きになる?」

「その予定です」

「ではこれで僕は失礼します」

「もう十一時前ですものね」

――こうして三か月が経ったある日。

ヴィクトリアの部屋のチャイムを鳴らしても、応答がない。

渡されていたスペアキーでドアを開けると、彼女はベッドに横たわっていた。

「疲れました」

「きっとエネルギーを費やす創作活動でお疲れになったのでしょう」

「早朝に作品が完成しました」

「それはおめでとうございます」

「文芸雑誌Ｋの新人賞に応募するつもりです」

「楽しみです」

――半年後ヴィクトリアは、Ｋ新人賞を受賞した。

「あなたとの恋がなければ、受賞作は生まれませんでした」

「よかったですね」

「僕はただあなたを愛しただけです」

――やがて受賞作が刊行された。

だがその日の夕方、彼女の部屋に、ヴィクトリアの姿はなかった。

オズマは急いで受賞作を読んだ。

そこに描かれていたのは若い男女の恋模様だったが、物語の終盤で小説家デビューを果たしたヒロインは、新作を書くために新しい恋を求めて一人旅立った。

日付が変わった深夜一時――。

オズマは、小説世界のラストを忠実に生きようと、高層ビルディングの屋上から飛び降りた。

ラブカクテルF

小雨が降る深夜零時、ミディアムヘアの若い女がリアンのバーに現れた。

「いらっしゃいませ」

「ラブカクテルFをお願いします」

「少々、お待ちください」

リアンは店のシャッターを閉め、ラブカクテルFを作りはじめた。

「アメリと言います」

「リアンと言います。——お歳は？」

「二十四歳です」

「私は三十五歳です」

「カクテルには媚薬が入っているのでしょ？」

「はい、フェルミ国から取り寄せました、高級ブランド媚薬が入っています」

「効能が大きいのですか？」

「フェルミ国王が毎晩お飲みになっているということです」

リアンは、作ったカクテルをアメリの前に置いた。

「どれくらいの時間で、効き目が？」

「三十分ほどです」

「マスターはお飲みにならない？」

「私は精力が並外れていますので」

「それでこのお仕事を？」

「左様でございます」

「私がどうしてお店に来たか、お分かりになります？」

「はい」

「おっしゃってみてください」

「失恋では？」

「よくお分かりに」

「お顔にそう書いてあります」

「経緯を聞いていただけます？」

「どうぞ」

アメリが語りはじめた。

一年前の休日、ショッピングモールを歩いていると、背後から声をかけられた。

「アメリ！」

立ち止まって後ろを振り向いた先には、高校時代の同級生タイムがいた。

「タイム君じゃないの」

「変わってないからすぐに分ったよ」

「あなたも変わってないわね」

「買い物？」

「ウインドーショッピング。——そっちは？」

「似たようなものかな」

「一人？」

「うん。——そっちも？」

「一人よ」

「お茶でもどう？」

「いいけど」

――近くの喫茶店に入って、同じカフェオレを注文した。

「高校を出て、確か服飾専門学校に進学したね」

「あなたは写真の専門学校――」

「よく覚えてるな」

「どこに就職したの？」

「写真スタジオ。――そっちは？」

「アパレル会社」

「仕事はどう？」

「ぼちぼち、やっている」

「俺もぼちぼちやっている」

「恋人は？」

「いない。――募集中さ」

「私も募集中」

「お互い寂しいよな」

カフェオレがテーブルに届いた。

「一人暮らし？」と、アメリが尋ねた。

「就職してから一人暮らしさ」

「私も就職してから一人暮らし」

「賃貸マンション？」

「うん、そう」

「俺もそうだ」

「何階に住んでるの？」

「三階」

「私は五階」

「うちに来る？」

「恋人でもないのに、あり得ないわ」

「じゃ、付き合おうか？」

「本気で言っているの？」

「高校の時、好きだった」

「駄目よ、適当なことを言っちゃ」

「嘘じゃないよ」

「嘘だとは言ってないわ」

「どうする？」

「いいわ、試しに付き合いましょう」

「今から恋人パークはどう？」

「本気？」

「ああ」

「私の体が目的？」

「否定しないよ」

「正直に言ったから行きましょ」

——半時間後に恋人パークに到着。

公園内の銀杏の木の下で唇をかさねた。

「これで恋人になれたね」と、タイムが言った。

「恋人になるって意外と簡単だわ」

「行動力があれば難しくないということだよ」

「そうね」

「今日は思う存分キスしよう」

「悪くない提案だわ」

空いているベンチに腰かけて一時間、二人は唇をかさねた。

――一か月後。

アメリとタイムは、某マンション内の彼女の自宅にいた。

寝室で愛し合ったあと、ベッドに横たわって話を交わした。

「同棲しないか？」

「いいけど」

「決まりだな」

――アメリの自宅で同棲生活開始。

何事もなく半年が過ぎたが、ある日、実家で母と二人暮らしをしている彼女の父親が、脳卒中で倒れるという緊急事態が発生した。

「一命を取り留めたけど、心配だからしばらくの間、実家に行ってくるわ」

アメリは、タイムにこう説明した。

「分かった。――ここでお前が帰ってくるのを待つよ」

「そうして」

だが実家に帰ってひと月が経った頃、不吉な予感に駆られたアメリは、タイムに連絡をせずに自宅に戻った。

玄関に自分の物ではない女物の靴が脱ぎ捨てられている。

寝室を恐る恐る覗くと、タイムが見知らぬ女とベッドにいた。

「タイム、何をしているの！」

思わず大声を上げた。

「お前こそ、どうした！」

「気になって、戻ったのよ」

「連絡ぐらいしろよ」

「どうして私が怒られないといけないの！」

「うるさいな」

「誰なの、この女は！」

「お前には関係ないだろう」

「どこで知り合ったの？」

「ＳＮＳでだよ」

「私がいるのに？」

「ほったらかしだったろ」

「遊んでいたわけじゃない」

「そんなの、知るか！」

「その言い方は何！」

――一週間後に二人は別れた。

話し終えたアメリは、タイムの自宅住所を記したメモをリアンに手渡した。

「おおよその事情が分かりました」

「お陰様で気持ちが少し楽になりました」

「それは何よりです」

「媚薬が効いてきたようです」

「では二階に参りましょう」

リアンのすぐあとから狭い階段を上がると、広々とした寝室の左手に高級ブランドベッドが置かれていた。

「浴室はこちらです」

右手の引き戸を開けた先が脱衣室だった。

「たくましいお体ですね」

リアンの肉体美を見てアメリが目を見開いた。

「週に二日、スポーツジムに通っています」

「こんな立派な大胸筋や大腿四頭筋を見たことがありませんわ」

「ジムへ行けば、もっとたくましい男性美に出会えますすよ」

「ご謙遜」

「アメリさんのプロポーションも素晴らしいと思います」

「最近、ヨガを始めました」

「じゃ、体が柔らかいでしょ?」

「はい」

「私は体が硬いんですよ。——どれだけ柔らかいか、見せてください」

アメリは彼の左肩に長い右足を楽々と乗せた。

「本当だ、素晴らしい!」

このあと、浴室でシャワー入浴——。

寝室に移動すると、ベッドの縁に隣り合わせに座って、口づけを交わした。

「如何でした?」と、リアンが尋ねた。

「素敵でした」

「もう一度」

二度目の口づけは数分間におよんだ。

「なんて情熱的なキス――」

「次はお体を愛撫します」

リアンはベッドに横たわったアメリの全身を隅々まで愛撫した。

「素晴らしい愛撫でしたわ」

「お好きな体位は？」

「騎乗位です」

「では仰向けになりますね」

二人はあっという間に一つになった。

「とっても気持ちいいです」

「少し体を前に傾けてください」

指示に従うと、リアンの両手がブレストに触れた。

「凄く感じます」

アメリの細い顎が上がった。

「媚薬が効いている証拠です」

「失神してもよろしいかしら？」

「構いませんよ」

「ああ、もう……」

――アメリは失神した。


夜が明けた――。

寝室で二人は話を交わした。

「あなたを裏切った彼と女をどういたしましょう」

「別れさせてください」

「それだけでよろしい？」

「はい、未練はございませんから」

リアンは、別室で、何者かに電話をして戻ってきた。

「二週間以内に、二人を別れさせる手筈を整えました」

「ありがとうございます。――お幾らでしょう」

「二十万パーティクルになります」

――アメリは料金を手渡し、風のように消えた。

家庭教師マイラ

マイラの業務用携帯電話の着信音が鳴った。

「お電話ありがとうございます。――家庭教師のマイラです」

「月一回のセックスの授業をお願いしたいのですが――」

「授業料は、一時間一万パーティクルになっております」

「了解しました」

「ではご希望の曜日と授業時間を」

「第四土曜日の夜八時から十時まで」

「明日の土曜日からですね」

「そうです」

「かしこまりました。――お名前とご住所をお願いいたします」

翌日マイラは、某マンション五階1号室を訪問した。

「初めまして。――家庭教師のマイラです」

「デクスターです」

――部屋の間取りは１ＬＤＫだった。

マイラがリビングスペースの二人掛けソファーに座ると、パインジュースをセンターテーブルの上に置いた青年が、隣に腰を下ろした。

「セックスでお悩みに？」

やさしい口調で尋ねた。

「はい」

「お歳は？」

「二十六歳です」

「性欲はありますか？」

「あります」

「自慰は可能ですか？」

「可能です」

「頻度は？」

「一日おきに」

「それでは具体的にどんなお悩みを？」

「いざという時に機能しないのです」

「初体験はいつでした？」

「二十歳の時でした」

「今から六年前？」

「そうです」

「うまく行かなかったのですね？」

「駄目でした」

「まさか、これまで一度も成功したことがない？」

「そのまさかです」

「ではまだ童貞ですね」

「そういうことになります」

「性器を見せていただけます？」

「今ですか？」

「嫌？」

「構いませんよ」

デクスターはズボンのジッパーを下ろした。

「ちょっと、触りますね」

「……」

「いつもこんな風に機能しない？」

「はい」

「何か心当たりは？」

「初体験の時の相手女性の言葉に傷ついたのかもしれません」

「何と言われたのです？」

「小さいわね、と言われました」

「標準サイズですよ。――ご自分ではどうお思いに？」

「彼女の言葉が心に突き刺さったままです」

「今日はキスだけにしましょう」

「分かりました」

「私の歳、幾つに見えます？」

「二十代前半に見えます」

「二十三歳です。――昔、交際していた男性に『お前、実際の歳より老けて見えるな』と言われたことがあります」

「傷つきました？」

「傷つきました」

「男と女は傷つけ合うものなのですね」

このあと二人は十時前まで唇をかさねた。

「如何でした？」

「心の傷が、少し癒えたような気がします」

マイラはキスの間ずっとデクスターの性器を握っていた。

「セックスの前段階でしたが、私の手のひらの中で機能していましたよ」

「ありがとうございます」

「射精しないと眠れそうにありませんか？」

「はい、眠れそうにありません」

「じゃ、私がお手伝いしましょう」

マイラが全裸になると青年は、彼女の裸体を見ながら果てた。

――一か月後。

彼女は二度目の授業を行った。

「今日はペッティングの授業を行おうと思います」

「分かりました」

「焦らずに授業を進めてまいりますね」

前回同様、ソファーに座って約一時間、唇をかさねた。

「今、どんな状態かしら？」

「性器の状態のことですか？」

「そうです」

「機能しています」

「では、シャワーを浴びましょう」

脱衣場に移動して青年を裸にすると、マイラが不意に尋ねた。

「私をどうお思いに？」

「なぜそのようなご質問を？」

「デクスターさんの私に対するお気持ちが知りたくて」

「恋をしているように思います」

「実は私も——」

「本気にしますよ」

「この状況で冗談は言いません」

「まだ童貞の僕のどこが？」

「私、未完成の男性が好みです」

「でしたら生徒さん全員に特別の感情を？」

「デクスターさんが、一番好き」

「先生の衣類は僕が脱がせます」

マイラを全裸にした。

「素晴らしいプロポーションですね」

「週二日、スポーツジムに通っています」

「お仕事のためですか？」

「はい、そうです」

浴室で互いの体を洗いはじめた。

「今日は膣性交ができるような気がします」

「焦らない方がよろしいかと。――失敗すると一からやり直しになりますから」

「分かりました」

寝室のベッドに移動――。

マイラのブレストへの愛撫を開始した。

「とても上手」

「幸せですか？」

「もちろん」

「マイラさんと僕の仲を取り持ってくださった神様に、感謝したいと思います」

マイラは両脚を開いた。

「性交をするために脚を開いたのではありませんよ」

「オーラルプレイをすればいいのですね」

「お願いします」

舌先で愛撫を始めた。

「とっても気持ちいいわ」

「外性器が膨張していますね」

「きっと性的興奮の度合いが大きいからだわ」

十分が経過――。

彼女の細い顎が上がった。

「イキそうですか？」

「ああ、もう……」

――マイラが果てたあと、デクスターも彼女の口腔内で果てた。


――三度目の授業。

寝室――。

「今夜は膣性交を目標にする予定です」

「分かりました」

「先ずはシックスナインで前戯を行いましょうか」

「お願いします」

青年が仰向けに、マイラが俯せになった。

「愛撫を始めましょう」

――営みは二十分におよんだ。

「次は、いよいよ膣性交ですね」

「楽しみです」

「お好きな体位は？」

「そうおっしゃられても、童貞なので」

「失礼しました。——騎乗位でよろしい？」

「お任せします」

あっという間に一つになった。

「デクスターさん、成功しましたよ！」

マイラのセミロングの髪が激しく揺れはじめた。

「先生、最高です」

「なんて素敵な営みかしら」

「同感です」

「幸福の滝に打たれているようだわ」

「愛しています、先生」

「ゴールしたら本物の恋人同士になりましょうね」

「はい」

「ああ、もう……」

——二人はめくるめく至福の丘を駆け上がった。

ヒーリング珈琲A

深夜、スペースが経営する喫茶店に若い女が来店した。

「いらっしゃいませ」

「ヒーリング珈琲Aをお願いします」

女はカウンター席に座って注文した。

「かしこまりました」

スペースは店のシャッターを閉め、ヒーリング珈琲を作りはじめた。

「珈琲には媚薬が入っているのでしょ?」

「高級ブランド媚薬が入っています」

「よく効きますか?」

「皆さま、失神なさいます」

「失神?」

「はい、そうです」

「私、まだ失神の経験がありません」

「忘れられない思い出になりますよ」

「楽しみ。——オーナーのお名前は？」

「スペースと言います」

「私の名前はマリア。——料金はお幾ら？」

「お客様に決めていただいております」

「素晴らしいわ」

「お歳は？」

「二十八歳です」

「二階に若者が待機しております」

「その若者のお名前は？」

「カイと言います」

「バイトの学生さん？」

「いいえ、実の弟です」

スペースはこう答えて、淹れたてのヒーリング珈琲Aをマリアの前に置いた。

「弟さんはお幾つですか？」

「私より三つ下の二十二歳です」

「お二人でこのお店を？」

「はい。――私がセックスのイロハを仕込みました」

「仕込んだというのは？」

「実際にセックスをして、教えたということです」

「弟さんに？」

「はい」

「凄いことだわ」

「皆さま、驚かれます」

「罪悪感は？」

「ありません。――インセストを不浄と考える風潮に、抵抗したまでです」

「不浄ではないと？」

「清浄だと思っています」

「なんて勇敢な発言――」

「マリアさんにご兄弟は？」

「兄が一人います」

「一線を越えたことは？」

「ありませんわ」

「一線を越えそうになったことは？」

「思春期にあったような、なかったような――」

「あったと解釈いたしますね」

「一つお尋ねしても？」

「何です？」

「お二人の間に恋愛感情は？」

「もちろんあります。――コーヒーのお味は？」

「とても美味しいです」

マリアは十分後に珈琲を飲みほした。

「ご馳走様でした」

「ここにお越しになった理由をまだお聞きしていませんね？」

「失恋です」

「恋のお相手はどんな方でした？」

「私と同い年のＡＩエンジニアでした」

「どのようにしてお知り合いに？」

「マッチングアプリで」

「容姿は？」

「背が高くてハンサムでした」

「すぐに恋に落ちたのですね？」

「はい」

「お相手の方もマリアさんに好意を？」

「付き合って欲しいと」

「交際期間は？」

「二年でした」

「どんな理由でお別れに？」

「彼が浮気をして、子供を作ったのです」

「それはルール違反ですね」

「被害者の私はその意見に賛同しますが、加害者の彼は恋愛にルールはないと――」

「それでお別れに？」

「はい。――浮気相手の女が子供を産むと決心しましたし――」

「すぐに別れる決心がつきました？」

「さんざん悩んだ末、断腸の思いで」

「お別れになったあと、その二人は？」

「結婚をして子供を育てていると、風の便りに聞きました」

「相手の女はマリアさんの知らない人？」

「いいえ、親友でした」

「弟を呼びます」

スペースが携帯電話をかけると、二階から美青年が下りてきた。

「カイです。こちらお客様のマリアさん」

「カイです。――よろしくお願いします」

「マリアです。――こちらこそ、よろしくお願いします」

「媚薬が効いてきています？」

青年が尋ねた。

「はい」

「それではベッドルームにご案内します」

二階の広い寝室の中央に、キングベッドが置かれていた。

「なんて大きなベッド」

「キングベッドです」

「素敵」

「姉と二人で使っています」

「先ほどお姉さんから、お話をお聞きしました」

「脱衣室へご案内します」

寝室の奥の引き戸を開けると、脱衣室があった。

「衣類を脱ぎましょう」と、カイが言った。

「はい」

カイの裸体はマリアを驚かせた。

「なんてたくましい体なの」

「週三日、ジムに通っています」

「大胸筋も腹直筋も、広背筋も僧帽筋も、そして大殿筋も、――すべてが見事だわ」

「男の筋肉美に精通してらっしゃいますね」

「男性の筋肉が好きなんです」

「マリアさんのプロポーションも、素晴らしいですよ」

「数年前からヨガをしているからかも」

「じゃ、体が柔らかいでしょ？」

「脚が百八十度、開きます」

「開いてみてください」

床に尻をついて開いた。

「実は僕も体が柔らかいんですよ」

「見てみたいわ」

マリアと対面する位置で百八十度、両脚を開いた。

「本当、柔らかいですね」

「この体勢でキスしましょう」

「はい」

二人は唇をかさねた。

「とてもお上手」

「姉に教わりました」

「もう一度」

今度は数十秒間、互いの唇を奪い合った。

「素敵でした」と、カイが言った。

「イキそうになったわ」

「僕もイキそうになりました」

「一つになりましょう」

「はい」

浴室へ移動——。

シャワーのあとバスタブの湯の中で対面座位になった。

「凄く気持ちいいです」

「幸せですか？」

「幸福の滝に打たれています」

「キスしますね」

互いの舌を激しく絡ませた。

「いい思い出ができそうです」

「ここに来られた理由は、失恋？」

「よくお分かりになりましたね」

「お顔にそう書いています」

マリアは恥ずかしそうに笑った。

「新しい恋をなさるお気持ちは？」

「お店に来るまでは恋に臆病になっていましたが――」

「今は？」

「こうして素敵な時間を過ごしているうちに、前向きになってきました」

「素晴らしいことです」

「新しい恋人ができたらお店に連れてきますね」

「楽しみにしています」

「逆上せてきました」

二人は湯から出て、脱衣室で体を拭いはじめた。

「本人は話さなかったと思いますが、姉は実は、バイセクシュアルなのです」

「まったく気がつきませんでした」

「首を長くして寝室で待っていると思いますよ」

――全裸のスペースが、キングベッドに横たわっていた。

特別室A

寝台列車『特別室A』のドアを開けると、一夜を共にする女が、ダブルベッドに仰向けになって文庫本を読んでいた。

特別室は、寝台列車における男女の出会いの場である。

「初めまして。――ジェスと言います」

「ジュリアと言います」

ジェスがベッドの縁に腰を下ろすと、ジュリアが仰向けのまま奥へ体をずらした。

「お歳は？」

ジュリアが文庫本を閉じて尋ねた。

「二十八歳です」

「私は二十六歳です」

「おきれいですね」

「ありがとうございます」

「ポニーテールの髪型がとてもよくお似合いです」

「大好きな髪型なの」

「だから似合ってるのだと思いますよ」

ジュリアが体を起こしてジェスの左隣に座った。

「キスしてください」

「お急ぎになりますね」

「嫌？」

「喜んで」

ジェスは十数秒間、唇をかさねた。

「素敵でした」と、ジュリアがささやいた。

「同感です」

「相性がいいと思いますわ」

「キスの相性？」

「そうです。――どうお思いに？」

「僕も悪くないと思いました」

「もう少し続けましょう」

「異議ありません」

——二度目のキスは半時間におよんだ。

「まだ午後八時。——お酒でも如何です？」と、ジュリアが尋ねた。

「冷蔵庫の中を見てみます」

ドアを開けて中を覗いた。

「缶酎ハイがたくさん入っていますが」

「それで結構です」

飲みはじめた。

「今まで何人の男性とお付き合いを？」

「三人です」

「もっと多いと思っていました」

「どうして？」

「魅力的なので。——初恋は幾つの時でした？」

「十七歳の時でした」

「交際期間は？」

「五年でした」

「長いお付き合いだったのですね」

「どんな交際だったか、簡単にお話ししましょうか？」

「是非――」

ジュリアが語りはじめた。

「高校二年に進級した日のことです。ホームルームの時間に席替えがあり、私はタイムという男子生徒と隣同士の席になりました。休憩時間に好きなミュージシャンの話題で盛り上がると、その流れでデートの約束を――」

「場所は？」

「遊園地でした。――ジェットコースターやお化け屋敷などのアトラクションを楽しんだあと、最後に観覧車に乗りました」

「それで？」

「最初はお互いを意識して向かい合わせに座っていましたが、いつの間にか隣り合わせに腰を下ろしていました」と、ジュリアは思い出に浸りながら語った。

「実は僕も、同じような経験をしたことがあります」

「やはり高校生の時に？」

「ええ。――デートの相手は同級生で、遊園地の観覧車に隣り合わせに座りました」

「手を取り合いました？」

「取り合いました」

「次に、キスを？」

「はい」

「よかったですね」

「僕たちは、観覧車が一番高い位置を通過する時に唇をかさねました」

「どうしてその時に？」

「二人の間に暗黙の了解がありました」

「実は私と彼も、観覧車が一番高い位置を通過する時に――」

「若い頃は皆、似たような行動を執りますね」

「それを今、確認しました」

「キスの次のステージも同じお相手と？」

「同じ相手でした」

「キスからどれくらいの月日が経っていました？」

「半年が経っていました」

「場所はどこで？」

「彼の自室で」

「どうでした？」

「ぎこちないセックスになりました」

「満足な喜びが得られなかった？」

「あまり得られませんでした」

「でも、いい思い出になった？」

「はい」

「僕も同じ相手としました」

「うまく行きました？」

「失敗しました」

「ジェスさんが焦った？」

「失敗するのは決まって男です」

「その後の交際はどうなりました？」

「僕と彼女も五年間、交際しました」

「社会人になるまで？」

「はい」

「どうしてお別れに？」

「最悪の出来事に遭遇してしまって」

「実は私も最悪の出来事に遭遇してしまいました」

「まさか――」

「大学に入ってから同棲していたのですが、それがいけなかったのかもしれません」

「彼が知らない女とベッドに？」

「そうです」

「悪夢ですね」

「もしやジェスさんも同じご経験を？」

「はい」

「私たち、似た者同士ですね」

「そう思います」

「だから分かり合えるのでは？」

「おっしゃる通りだと思います」

「寝台列車で出会った『特別室』の二人が結婚する確率をご存じですか？」

「いいえ、知りません」

「ある調査会社の調査結果によると、『百パーセント結婚に至る』ということです」

「信じられない確率ですね」

「この調査結果を信じるなら、私たちも結婚するということになります」

「先にシャワーをお使いください」

「お言葉に甘えて――」

――それから一時間後。

ダブルベッドの上で、ジェスがオーラルプレイを始めた。

「気持ちいいわ」

「素晴らしい感度ですね」

「愛撫がとても情熱的だから」

「デリケートゾーンへの愛撫は、特別です」

「どうして？」

「愛を証明する営みだからです」

「なるほど」

「幸せ？」

「幸福の滝に打たれているようです」

「僕も幸せの只中にいます」

「お聞きしますが、ジェスさんはMかしら？」

「そうかもしれません」

「私は恐らくSですわ」

「夫婦になったら僕がジュリアさんのお尻に敷かれますね」

「嫌？」

「楽しい毎日が頭に浮かびます」

ジェスは微笑んだ。

「だからかしら私、セックスでは騎乗位が好きです」

「なら遠慮なさらず、僕を尻に敷いてください」

——二人は騎乗位になった。

「堪らない快感——」

「とてもきれいですよ」

「ジェスさんも素敵だわ」

「体を少し前に倒してください」

指示に従うと、青年の両手がブレストに触れた。

「失神するかもしれないわ」

「失神なさってください」

「よろしいの？」

「僕がそばにいますから、ご安心を」

「もし私が失神したら結婚しましょうね」

「了解しました」

「ああ、もう……」

――ジュリアは失神した。


早朝の六時――。

二人を乗せた列車は、高台に位置する終点のプランク駅に到着。

ホームに立つと、朝の冷気が二人の衣服の内側に広がった。

東の方角、小さな森の入り口に、荘厳な金色の教会が見える。

――ジェスとジュリアはその日そこで、二人だけの結婚式を挙げた。

子門英明（しもん・ひであき）
小説家。
福岡県出身、大阪府在住。

著書（つむぎ書房）
天使のメモリー
プールサイドの女
上司Kの恋人
ネイキッドゲーム
愛猫ノラ
午前0時の女
眠れる分身
幻の夜
モデルMとの恋
バイセクシュアル
夢幻の鍵
気絶
詩を書く少女
魔性のバイオレット

美少年X
2024年5月1日　　第1刷発行

著　者―――子門英明
発　行―――つむぎ書房
〒103-0023　東京都中央区日本橋本町2-3-15
https://tsumugi-shobo.com/
電話／03-6281-9874
発　売―――星雲社（共同出版社・流通責任出版社）
〒112-0005　東京都文京区水道1-3-30
電話／03-3868-3275

ISBN 978-4-434-35734-3